UN DIMANCHE À VILLE-D'AVRAY

La rencontre
Dirigée par Anne Bourguignon

La rencontre est une histoire qui nous appartient.

Dominique Barbéris

UN DIMANCHE
À VILLE-D'AVRAY

arléa

16, rue de l'Odéon, 75006 Paris
www.arlea.fr

DU MÊME AUTEUR

La Ville, Arléa, 1996 ; Arléa-poche, 2009

L'Heure exquise, L'Arpenteur, Gallimard, 1998
   prix Marianne 1998

Le Temps des dieux, L'Arpenteur, Gallimard, 2000

Les Kangourous, L'Arpenteur, Gallimard, 2002
   adapté à l'écran en 2005 par Anne Fontaine
   sous le titre *Entre ses mains*

Ce qui s'enfuit, L'Arpenteur, Gallimard, 2005

Quelque chose à cacher, Gallimard, 2007 ; Folio, 2009
   prix des Deux Magots 2008 ; prix de la Ville de Nantes, 2008

Beau Rivage, Gallimard, 2010

La Vie en marge, Gallimard, 2014

L'Année de l'Éducation sentimentale, Gallimard, 2018
   prix Jean-Freustié-Fondation de France 2018

ISSN 2491-8261
EAN 9782363081995
Arléa © septembre 2019

Pour Anne Bourguignon

L'autre dimanche, je suis allée voir ma sœur.

Ma sœur habite à Ville-d'Avray. Elle habite une maison confortable avec Christian, son mari, et leur fille : un grand jardin, avec pelouses et plantations, dans un quartier résidentiel. Une de ces rues qui grimpent sur les collines près du parc de Saint-Cloud. Comme je vis dans le centre de Paris, nous nous voyons peu et je lui rends rarement visite. Luc dit : « C'est une expédition d'aller voir ta sœur. »

Mais ce n'est pas vrai, la distance n'est pas seule en cause. Je sais très bien qu'il y a des trains régulièrement pour Ville-d'Avray. La vérité est que Luc n'aime pas Ville-d'Avray et qu'il trouve ma sœur « ennuyeuse » ; il serait plus juste de dire qu'il s'en méfie. Son mari, Christian, est médecin dans un cabinet de groupe. Elle a enseigné un moment, comme moi, dans le secondaire, mais ne travaille plus. Elle s'occupe vaguement du cabinet. Il arrive qu'elle dépanne Christian au secrétariat, traite par téléphone un symptôme banal, ou oriente des patients inquiets vers l'hôpital, mais ce n'est pas ce qu'on appelle « travailler ». Et personnellement, me dit Luc, les diagnostics de ta sœur ne m'inspire-raient aucune confiance. Elle a toujours l'air d'être « ailleurs ». « Ta sœur, dit Luc, n'a jamais eu les pieds sur terre. C'est de famille. »

Dans ces cas-là, en général, Luc et moi, nous nous disputons. Nous nous disputons chaque fois que nous parlons de nos familles réciproques.

En quittant Paris, ce dimanche, je calculais le nombre de mois depuis lesquels, ma sœur et moi, nous ne nous étions pas parlé. Luc parti-cipait à un séminaire, ou prétendait participer à un séminaire. J'avais quelques doutes là-dessus. Plus exactement, cela faisait quelque temps que j'avais des soupçons sur ses relations avec une femme de notre cercle d'amis, Fabienne, une universitaire. J'en avais assez de Paris, la ville était chaude et polluée.

La saison s'avançait. C'était, je me souviens, un dimanche du début de septembre, un de ceux où passe la frontière entre l'automne et l'été.

Dans les quartiers que je traversais, certaines maisons restaient fermées – preuve que leurs propriétaires n'étaient pas rentrés –, mais il y avait des fleurs dans les jardins. Des fleurs qui fleurissaient toutes seules dans ces jardins inoc-cupés. On sentait partout, davantage qu'à Paris, cette sorte d'étirement languide et d'immobilité propre aux végétaux en automne. Il y avait moins de roses rouges que de roses claires, les roses rouges, quoique de couleur plus affirmée et de parfum plus robuste, tenaient moins. Elles semblaient s'épuiser.

Peut-être que la couleur épuise les roses.

J'ai passé une gare, je ne sais plus laquelle ; des gens qui sortaient des rames d'un train en provenance de Paris se détachaient derrière la grille qui sépare le quai de la rue comme des personnages détourés sur le fond du ciel. On avait l'impression qu'ils hésitaient, qu'ils ne savaient pas où aller. Le train est reparti ; c'était typiquement un dimanche, le degré de vide, d'incertitude légère, d'appréhension vague (liée à l'incertitude) qui caractérise un dimanche ; j'avais mis mes lunettes de soleil, je me disais que, malgré le beau temps, malgré ce qui subsistait de l'été, on reconnaît toujours un après-midi de dimanche.

Les dimanches soir, quand nous étions enfants, ma sœur et moi, et que nous habitions Bruxelles, maman était souvent nerveuse. La nuit tombait plus vite que les autres jours de la semaine, surtout l'hiver. Elle était précédée d'un brouillard humide. On nous emmenait au parc ; on nous obligeait à faire le tour de l'étang pour « prendre l'air ». « Marchez vite, et respirez par le nez, disait maman, sinon vous aspirerez l'air humide, vous aurez mal à la gorge et je n'ai aucune intention de vous soigner. » Nous montions sur le pont japonais et nous jetions du pain aux cygnes.

Maman nous surveillait de loin en serrant son col de fourrure entre ses mains gantées. Sur l'avenue qui bordait le parc, les réverbères s'allumaient un à un ; nous aimions ces lumières dans la nuit, agrandies par le brouillard humide ; nous en sentions la poésie frileuse, mais, sur le chemin du retour, nous marchions « comme sur des œufs », avec un drôle de serrement au cœur. Nous savions ce que serait la soirée. C'était pareil tous les dimanches : en rentrant, maman reprocherait à papa, resté lire le journal, l'ennui et les tâches ménagères dont le mariage avait rempli sa vie. Ces reproches étaient aggravés par la vie en Belgique ; la vie en Belgique a beaucoup aggravé, chez nous, cette anxiété du dimanche soir. Par exemple, nos voisins du dessus, des Belges (les Kacenelenbogen) se contentaient de café au lait et de tartines de cassonade pour le dîner. Maman en tirait argument : Si nous avions été tout simplement des Belges, de vrais Belges, sans ces complications françaises autour de la cuisine, le dimanche soir, nous aurions mangé des tartines de cassonade comme les Kacenelenbogen, elle n'aurait pas eu à se fatiguer. Elle claquait la porte de la cuisine ; elle disait que les dimanches étaient insupportables, et que sa vie était ratée.

Quant aux voisins du dessous (les Van Huyst), ils avaient fait des réflexions à cause du bruit sur le parquet. On nous obligeait à porter dans l'appartement des chaussons à semelles de feutre. Quelquefois, nous faisions mine de patiner sur le parquet du couloir comme sur un canal hollandais. Nous révisions nos poésies. Le lundi étant jour de récitation, nous révisions toujours nos poésies la veille. Je n'ai pas oublié celles que nous apprenions ; elles semblaient adaptées au dimanche, au temps gris, nuageux. Il y avait *Voici le vent, le vent sauvage de novembre*, et *Automne*, de Théophile Gautier.

> *La pluie au jardin fait des bulles*
> *Les hirondelles sur le toit*
> *Tiennent des conciliabules.*

Je trouvais, à les réciter, un plaisir délicat, un peu triste.

L'appartement était très silencieux. Ce silence nous pesait, et nous demandions la permission d'allumer la télévision pour voir Thierry la Fronde. À l'époque, nous étions amoureuses de Thierry la Fronde comme toutes les filles de notre génération – j'ai envie de dire comme toutes les filles *normales* de notre génération –, mais quelquefois je me demande si notre enfance a été normale, à ma sœur et à moi.

Personne n'a d'enfance vraiment normale, je suppose.

À propos de Thierry la Fronde, il y a pas mal d'années, j'ai revu l'acteur Jean-Claude Drouot au théâtre, dans *Oncle Vania*. C'était lui qui

13

jouait oncle Vania, mais on n'arrivait pas à y croire. Il portait le costume de lin blanc froissé qui correspond à la représentation que se font les metteurs en scène français de la manière dont se vêtaient, l'été, dans leurs propriétés plantées de bouleaux, les propriétaires russes. Il avait vieilli, ce qui me fit un choc ; malgré ça, il n'avait pas du tout l'air d'un propriétaire russe. Il avait toujours l'air d'errer avec son justaucorps, sa fronde et ses compagnons dans les bois de l'ORTF de notre époque ; c'était un sentiment bizarre, qui a duré, pour moi, tout le temps de la représentation, comme si à la tristesse de Tchekhov s'était soudain substitué le souvenir de nos dimanches devant la télévision.

J'étais assise au troisième rang de l'orchestre et, pendant la pièce, je parlais mentalement à l'acteur, je lui disais : Tu n'arrives pas à nous tromper.

(Ou était-ce : Tu n'arrives pas à nous faire oublier ?)

Nous avions un cœur tendre, et beaucoup d'imagination.

Deux ou trois ans plus tard, l'inquiétant « maître » de Jane Eyre, le redoutable et sombre Rochester succéda à Thierry la Fronde. Lui aussi nous était apparu un soir sur le petit écran dans une vieille adaptation hollywoodienne. Il nous fit une telle impression que je revois encore son arrivée de cavalier chevauchant la brume, sa silhouette trapue, sa cape de roi gothique, les cheveux noirs frisés qu'il soulevait sur son front pâle en demandant :

– *Jane, me trouvez-vous beau ?*

La réponse nous sidéra : « *Non* », disait Jane avec panache.

C'était certainement un dimanche (le dimanche était jour de télévision). L'obscurité de fin d'après-midi remplissait le salon. Des corbeaux tournaient en cercles autour des cheminées de Thornfield ; des bruits de chaînes résonnaient dans les couloirs. Nous avions les jambes molles, les yeux exorbités, la bouche légèrement ouverte lorsque maman ouvrit la porte :

« Fermez la bouche, ne vous avachissez pas sur le canapé. Avez-vous appris vos récitations ? Je vous fais réciter dans dix minutes. »

Nous allâmes réciter : *Le vent sauvage de novembre* et *La pluie au jardin fait des bulles.*

Mais il était trop tard ; le mal était fait ; il fut durable. Thierry la Fronde fut rejeté aux oubliettes de l'enfance. Il nous parut fade et maigrelet. Nous rêvions désormais d'avoir peur ; nous rêvions d'un homme sombre aux narines larges, qui avait l'âge de notre père, la tête d'Orson Welles (qui incarnait le rôle), et l'air d'un roi métis.

Une scène nous plaisait particulièrement : celle du mariage raté de Jane. Elle suggéra à ma sœur le scénario d'un jeu que je raconte ici pour donner une idée de ce qu'a été notre enfance (et que je cache naturellement à Luc) : il consistait à s'enrouler dans un des voilages transparents qui garnissaient la fenêtre de notre chambre. Cette fenêtre était juste au-dessus du radiateur. Elle donnait sur la cour de l'immeuble où il n'y avait strictement rien à voir : des garages, et des toits d'immeubles plantés d'antennes de télévision. Personne ne pouvait deviner ce que nous faisions. Ou, pour être plus juste, on pouvait naturellement supposer de l'extérieur que nous étions en train de faire des bêtises. Nous croire plongées dans le sombre et coupable ennui des enfants, l'ennui du dimanche soir.

Rien n'était plus faux : nos cœurs battaient car nous venions de revêtir nos « voiles de noces ». Immobiles et voilées, le nez dans le tergal des rideaux, qui sentait (je me rappelle) la poussière et le tissu neuf, les genoux chauffés par le radiateur, chantonnant (pour donner le change), nous nous tenions en esprit « devant l'autel », *fiancées*, la main dans la main d'un homme sombre, à la peau « olivâtre », plus tout jeune.

Quelqu'un connaît-il un obstacle au mariage ? demandait le pasteur.

Une voix criait, du fond de l'église :

— Arrêtez ! Ce mariage ne peut pas avoir lieu. Monsieur Rochester est marié.

— Continuez, disait Rochester au pasteur.

Il nous ramenait au château en nous serrant de sa « poigne de fer ». Il ouvrait la chambre inconnue, gardée par une certaine Grace Poole, il nous révélait son secret : une femme enfermée, une ignoble gorgone rougeaude aux cheveux hirsutes, aux hennissements de bête, notre rivale :

« *Telle est ma femme*, disait-il ; *telle est l'unique étreinte conjugale que je sois jamais destiné à connaître... Et voici ce que je voulais avoir* (se tournant vers nous), *cette jeune fille qui reste si grave et si calme à la bouche de l'enfer.* »

Voilà ce que nous faisions, ma sœur et moi, sous les rideaux le dimanche soir. Nous nous tenions, graves et pures, à la bouche de l'enfer.

– Qu'est-ce que vous faites dans le noir ? Qu'est-ce que vous fabriquez toujours fourrées sous ces rideaux ? Ces enfants ont les nerfs détraqués, criait maman quand elle ouvrait la porte. Quand allez-vous commencer vos devoirs ? Si vous ne travaillez pas, vous finirez caissières. Caissières à Prisunic. Vous savez pourtant ce qui vous attend.

De cette époque date chez ma sœur le goût et l'habitude de passer de longs moments sans rien faire devant la fenêtre.

Il y avait chez elle une telle capacité de silence que cela inquiétait quelquefois maman :

– Que fait Claire Marie ? demandait-elle. On ne l'entend pas. Va voir ce qu'elle fabrique. Elle ne va pas rester à la fenêtre toute la journée.

Je savais bien ce que faisait Claire Marie, quand elle avait le nez collé contre la vitre : elle courait la lande, arrosait de seaux d'eau le lit en flammes de Rochester, se promenait dans le verger avec lui au crépuscule,

(« *Jane, entendez-vous le rossignol ?* »),

elle se trouvait en pleine nuit dans une des chambres de Thornfield, à éponger le sang d'un inconnu – une opération qui, d'ailleurs, nous fascinait. Quand on nous demandait de nettoyer la table (ce qu'il nous fallait faire après le repas à tour de rôle), nous observions l'éponge se gonfler d'eau ; nous avions la trouble intuition de ce que pouvait être « éponger du sang ». Le sang d'un inconnu.

Je posais la question pour la forme :

– Que fais-tu ? disais-je à ma sœur (interprète des puissances de l'ordre).

– Rien, répondait ma sœur.

– Rien, retournais-je dire aux puissances extérieures.

– Elle n'a pas de devoirs à faire ? Elle n'a pas d'exercices de maths ? Comment veut-elle faire des progrès ? Cette enfant finira caissière ! Ce n'est pas faute de l'avoir prévenue !

Je me souviens d'une période totalement somnambulique, d'un discours amoureux continu : nous marchions, dormions, peignions nos poupées tout en discutant avec Rochester. Nous croyions entendre son appel dans la nuit :

– Est-ce vous ? Où êtes-vous, Maître ?

Nous avions réclamé le livre et le lisions, le soir, au lit, la lumière éteinte, nous brodions sur le scénario, inventions des épisodes qui nous ravissaient et nous faisaient peur.

(*Ces enfants finiront toutes les deux myopes !*)

Je crois que ma sœur resta longtemps sous l'emprise de cet amour littéraire, alors que, plus jeune, mais d'esprit nettement plus concret, l'année de l'initiation au latin, je m'amourachai de mon professeur, monsieur Jumeau (Bernard Jumeau). Mes notes grimpèrent vers les sommets. Je connaissais mes déclinaisons par cœur. Je travaillais pour l'éblouir. À tel point qu'après m'avoir prédit un avenir de caissière on se réorienta vers un avenir de latiniste ou d'archiviste paléographe – ce qui avait été la vocation première de monsieur Jumeau et son rêve majeur ; il nous en parla au cours d'une réunion en salle des professeurs. Je me tenais entre mes parents, rougissante et modeste. J'avais douze ans. Il suggérait pour moi le même avenir, ce que je considérai comme l'aveu d'un amour réciproque et l'officialisation discrète de nos fiançailles.

– Très sympathique, ton professeur de latin, dit maman en rentrant de la réunion, et plutôt bel homme.

∾

Finalement, je n'ai pas fait d'études d'archiviste paléographe.

Sur la route de Ville-d'Avray ce jour-là, bien des années après, dans l'immobilité de ce dimanche d'automne, j'eus pourtant – et pourquoi ? était-ce une intuition ? était-ce parce que je me rapprochais de ma sœur ? – une brève pensée pour monsieur Jumeau (Bernard Jumeau). Il était brun ; il ressemblait à la statue de César Imperator du Morisset-Thévenot (au moins dans ma mythologie personnelle). Il avait été ma première incursion dans le domaine des sentiments réels et de la vie concrète. Il était évident qu'on ne pouvait pas considérer du même point de vue Thierry la Fronde ou Rochester. Puis je me dis : n'aie pas de regrets ! si tu avais poursuivi des études d'archiviste paléographe, tu serais aujourd'hui certainement myope. Il faut rester des heures en bibliothèque.

Claire Marie, quant à elle, sortit de son époque Rochester tardivement pour entrer de plain pied dans celle du rock. Le goût du rock acrobatique remplaça chez elle la rêverie. Ou, plus exactement, il continua à alterner assez longtemps avec ses phases un peu lunaires. De jeunes rockers à cheveux longs, au coup de poignet rythmé et énergique que papa détestait, se succédaient dans son cœur. Maman, à intervalles, quand elle rentrait de ses soirées, continuait à lui prédire un avenir de caissière et, faute d'un travail régulier, un ratage général de sa vie.

J'étais ainsi, pleine de souvenirs, dans cet état d'esprit mélancolique qui est souvent le mien quand je vais chez ma sœur, et je crois que j'ai commencé par me perdre dans Ville-d'Avray, par tourner dans les rues provinciales et tranquilles du quartier de ma sœur – des rues bordées de maisons particulières, avec leurs baies vitrées luisantes, leurs vérandas, leurs faux airs de villa Art déco ou de villa normande, leurs jardins plantés de rosiers et de cèdres.

J'ai eu la chance de trouver une place dans sa rue. La sonnette du portillon a émis deux ou trois notes montantes. Personne ne venait ; pourtant une fenêtre de l'étage était ouverte.

Au bout de cinq minutes, ma sœur a mis le nez à la porte du rez-de-chaussée, elle a eu un cri de surprise, puis elle est arrivée à travers le jardin. Elle était en tongs, pieds nus, sans maquillage, les cheveux en désordre ; elle avait l'air un peu absent ; elle a écarté de sa main une mèche qui lui tombait dans les yeux, et j'ai cru entendre maman (ou grand-mère) :

– Coiffe-toi donc, Claire Marie !

J'ai demandé : Tu es seule ? Je te dérange ?

– Pas du tout. J'étais à lire, m'a dit ma sœur, et je crois que je me suis endormie. Tu ne me déranges pas du tout. C'est rare de te voir, tu sais. Ça me fait plaisir. C'est une surprise. Surtout un dimanche ! Elle a eu un petit rire : Vous n'êtes pas allés vous promener ? le dimanche, tout le monde se promène. Surtout que le beau temps ne va pas durer. La maison n'est pas bien rangée. Ne regarde pas mon sous-sol. C'est un bazar !

De la musique sortait d'une chambre.

– Mélanie est au piano ; elle répète pour son audition. Et Christian est au cabinet, il est de garde ; c'est son tour, aujourd'hui. Je pense qu'il rentrera tard. On va s'installer au jardin.

Elle m'a montré de la terre sèche, sous ses rosiers : « Je n'aurais pas dû dormir ; il aurait fallu arroser ; tu vois, nous revenons de vacances, le jardin laisse à désirer. Ce dimanche est à moitié terminé, et je n'ai rien fait. C'est terrible. Bientôt, il va falloir ramasser les feuilles. Comme il a fait très sec, ça va commencer à tomber et quand ça tombe, ça s'entasse. Reste là, je vais chercher quelque chose à boire et dire à Mélanie que tu es là. »

Elle est partie vers la maison en faisant un grand geste qui signifiait : les choses s'entassent. Les feuilles s'entassent. Comme si elle était impuissante devant ces énormes tas.

J'entendais le piano de ma nièce par la fenêtre. Sa chambre était à l'étage ; j'avais vu la fenêtre ouverte ; elle donnait sur un cèdre qui cachait la maison d'en face. Par moments, ma nièce s'arrêtait, il y avait un passage sur lequel elle butait, mais elle reprenait le morceau au début, avec docilité. Par sa fenêtre ouverte, elle devait respirer l'air immobile, plein de la tranquillité de ce début d'automne, de sa paisible humidité. Le voisin tondait sa pelouse ; le bourdon du moteur concurrençait le piano ; j'imaginais que de temps en temps, en jouant, ma nièce se tournait vers la fenêtre, agacée. Elle rêvait certainement d'être une pianiste élégante et raffinée que les hommes admireraient. Elle était peut-être amoureuse de son professeur de piano. Un classique.

Et malheureusement, le professeur de piano dirait : « Ce n'est pas fameux ; mais pas fameux du tout. »

C'était ainsi, la vie ; on essayait de porter vaillamment ses rêves ou ceux des autres.

∽

Je retrouvais aussi, à attendre dans ce jardin, un sentiment familier, indéfinissable, un peu lourd, comme un léger malaise. Ville-d'Avray est à quelques minutes de Paris, mais on l'en croirait séparé par des centaines de kilomètres. C'est ce qui expliquait, sans doute, qu'un homme comme Luc fût incapable de comprendre l'univers de ma sœur. Luc est le prototype du Parisien occupé et actif. Il est bourré de théories sur toutes sortes de choses, adaptable, concret, rationnel, souvent ironique. Il a des arguments sur tout. Souvent, j'ai essayé de le lui expliquer : ce n'est pas le cas de Claire Marie.

Non qu'elle ne soit pas intelligente. Elle a beaucoup lu, mais n'a tiré de ses lectures aucune théorie. Elle est restée brouillonne, rêveuse, passive. Je suis sûre que Ville-d'Avray, ses rues tranquilles et retirées, ses maisons renfoncées dans leurs jardins, livrées au passage des saisons comme si elles étaient livrées au temps sans défense, ont encore accru son décalage avec la réalité. Elle a toutes sortes de réflexes vieillots : chaque fois que je l'invite, elle « s'habille », je suis sûre qu'elle essaie plusieurs robes dans sa penderie, qu'elle hésite, comme faisait maman, qu'elle demande à Christian qui l'attend et la presse, comme maman à papa : « Es-tu sûr que ça me va ? Est-ce que la petite robe bleue ne serait pas plus jolie ? » Alors, elle sort « la petite robe bleue » ; elle dit : « Je l'enfile rapidement, tu me diras ce que tu en penses », elle se change à nouveau ; elle se lamente : « Je n'ai rien à me mettre, je ne serai pas assez bien » ; elle a peur de ne pas être « assez bien », mais pourquoi ? on se le demande ; elle est d'une indécision maladive. Résultat : elle arrive toujours en retard et mal coiffée mais décorée « comme un pot de fleurs » (une expression de Luc à son propos). La plupart de nos amis, universitaires parisiens, viennent en jeans, c'est une manifestation de leur esprit critique, de leur position libre sur la vie ; le signe qu'ils se sont affranchis du fastidieux, bourgeois, cérémonial des apparences. Il serait plus juste de dire qu'il prend chez eux des formes plus subtiles, cachées dans des détails presque invisibles de leurs vêtements sobres, bien coupés, plutôt noirs, répondant à des codes sélectifs, nés dans le centre de Paris, fluctuants comme la mode, et que ma sœur ne possède pas, *puisqu*'elle habite à Ville-d'Avray.

— Comment as-tu trouvé la robe de Claire Marie ? me demande Luc, le soir quand nous rentrons dans notre chambre, d'un air critique. Où est-ce qu'elle achète ça ?

Chez nous, elle ne paraît pas plus à l'aise qu'une chouette sortie de sa forêt ; elle fait le tour des groupes, tend poliment la main à nos amis, écoute, ne manifeste rien, prend rarement part à la conversation et je pense que ce qui se dit la laisse indifférente.

Il arrive qu'un de nos invités la remarque et me pose la question :

— Qui est cette grande femme mince, en rouge, qui était chez toi l'autre jour ?

Je dis : ma sœur. Ma sœur aînée.

— On ne la voit pas souvent.

Alors je dis : Elle habite Ville-d'Avray. Ce qui n'est pas une explication.

— Elle a un je ne sais quoi, m'a fait remarquer, un jour, notre ami Adrien, qui se pique de psychologie et de succès dans les relations amoureuses. Elle ressemble à Faye Dunaway. Le grand type brun, c'est son mari ?

— Une vieille actrice qui doit être rangée des voitures, avait commenté Luc quand je lui avais raconté. Tu connais pourtant Adrien ; c'est un baratineur.

Pour être honnête, le malaise diffus que je ressentais ce jour-là en attendant dans le jardin, je crois pouvoir affirmer que je l'ai souvent éprouvé quand nous sommes invités à Ville-d'Avray, au printemps, pour le déjeuner du dimanche. Dans ces cas-là, Claire Marie me téléphone : Venez profiter du jardin, on mangera dehors. On fera un barbecue.

Elle s'imagine que, comme tous les Parisiens, nous souffrons du manque d'air et de verdure. C'est une erreur : Luc aime l'atmosphère des boulevards, les cafés du quartier Latin et il n'en souffre pas du tout.

Ces journées chez ma sœur commencent bien mais finissent dans le même sentiment de malaise, de légère étrangeté. Pourtant, le déjeuner est agréable. Il fait beau. La table est mise avec des serviettes en papier. Je vais rejoindre Claire Marie à la cuisine, je l'aide à préparer l'apéritif pendant que Luc et Christian (nous disons : « les hommes ») restent à l'ombre sous le grand cèdre du jardin. Nous nous disons, ma sœur et moi : ils se détendent, ils sont tranquilles, ils sont « entre eux ». Nous feignons de croire qu'ils discutent, sauf qu'ils ne discutent pas du tout. Luc s'ennuie. Il dit, après, que Ville-d'Avray lui donne le cafard. Christian fait cuire des tranches de bœuf au barbecue. Le barbecue est au fond du jardin et nous le regardons piquer la viande et la retourner sur la grille avec une grande fourchette, dans la fumée grasse. De loin, il nous demande : Cuit ou à point ?

Peu à peu, au fur et à mesure que l'après-midi s'avance, une inquiétude nous saisit, sans cause apparente. Du pollen se dépose dans nos tasses à café. Le vent fait voler les serviettes en papier dans l'herbe. Luc m'envoie des coups de pied sous la table pour que je donne le signal du départ. Dans la voiture, au retour, il conduit en regardant droit devant lui, sans parler, et l'air sombre – ce qui n'est pas bon signe. Puis il lâche : Franchement, si je devais vivre à Ville-d'Avray toute l'année, je me suiciderais !

Je ne réponds pas. Je crois comprendre ce qu'il veut dire, ou plutôt ce qu'il fuit en conduisant à toute allure : ces jardins alignés avec leur numéro, ces vies numérotées qui se poursuivent, une fois la maison installée, dans le silence recueilli de leur jardin jusqu'au petit accroc, inévitable au bout du compte : le jour où le médecin arrivera avec « de mauvais résultats », où le médecin dira : il faudrait quand même faire une analyse ; quand, tout à coup, le temps qui continuait sa lente coulée – rythmé par la floraison des lilas (il y en a un dans le jardin de ma sœur), l'abandon un peu morne des jours d'été, où tout le monde est parti en vacances, le ramassage des feuilles tombées, le remplissage de la chaudière, l'entretien de la pelouse anglaise, rase et douce comme de l'éponge – tout cela semblera basculer dans le vide auquel il est adossé.

Pendant ces après-midi, bien souvent, j'ai observé ma sœur à la dérobée en me demandant si elle éprouvait ce que nous ressentions. Elle n'a pas l'air malheureuse. Mais, avec elle, on ne sait jamais. En partant, je lui dis toujours : C'était délicieux ; comme ton jardin est agréable ! Quelle chance vous avez ! Mais quelque chose me montre qu'elle n'est pas dupe. Elle-même affirme chaque fois qu'elle repart de chez moi : « Comme tes amis sont sympathiques ! » Je vois très bien qu'elle n'en pense rien.

Je me souviens même d'une conversation que nous avons eue il y a des années. Claire Marie s'est tournée vers moi brusquement et m'a demandé à sa façon directe, un peu candide : Est-ce qu'il t'arrive, à toi, de rêver d'autre chose ?
 – Comment ça ? autre chose ?
 – Je ne sais pas, moi, avait soufflé ma sœur. Est-ce que ta vie te satisfait ?
 J'avais dit : Oui. Pourquoi ? Tout va bien.
 C'était faux, je dois être honnête ; je l'avais senti au moment de le formuler ; je dois admettre que mes relations avec ma sœur sont beaucoup plus ambiguës qu'il n'y paraît. Sa question avait fait remonter d'un coin secret de mon esprit (ou de mon cœur) le vieux rêve vague

et passionné, les images jamais oubliées d'un romantisme plein de grosses ficelles : le carton-pâte du château, les flammes de l'incendie, le drame, les rouleaux de brume artificielle entre lesquels devait surgir « Orson Welles », le cavalier, l'homme idéal, le « maître » tourmenté !

C'était un reste de l'enfance, je le savais. Notre vie avec Rochester, à ma sœur et à moi, n'est acceptable pour personne ; notre enfance n'est acceptable pour personne. Elle nous encombre. Mais nous n'arrivons pas à nous en débarrasser. Elle nous exile. J'ai essayé de la dissimuler, j'essaie de ruser. J'essaie de me montrer affranchie et moderne (il faut reconnaître qu'avec le poids de notre éducation, à ma sœur et à moi, c'est difficile). J'ai essayé de m'adapter de toutes mes forces.

C'est pourquoi j'en avais voulu à ma sœur. C'est ce qu'il y a d'énervant avec elle. Elle vous ébranle. J'avais été si bouleversée par cette conversation que j'avais mis le sujet sur le tapis le soir-même :

— Tu sais ce que Claire Marie m'a demandé, avais-je dit à Luc d'un ton dégagé : Si je ne rêvais pas d'autre chose, si ma vie *me satisfaisait*.

J'étais installée sur le lit. Je me peignais les ongles au vernis. Luc était dans la salle de bains ; je ne pouvais pas voir sa réaction. Il n'y avait pas eu de réponse, si bien qu'assise sur le lit, attendant que le vernis sèche, les orteils écartés, considérant les dix petits rectangles colorés du rouge que j'avais choisi spécialement chez Séphora (le rouge Passion), je me demandai s'il avait entendu. Ou peut-être qu'il se lavait les dents. L'eau coulait dans le lavabo. Je n'aime pas entendre l'eau couler. J'ai l'impression que le temps passe, que les ressources du globe s'épuisent. J'ai l'impression de perdre quelque chose.

J'avais crié : Tu ne peux pas fermer le robinet ? Tu m'entends ? Et répété : Qu'est-ce que tu en penses ?

J'ose à peine dire la réponse que j'attendais. J'en ai honte. J'attendais qu'au couloir de la salle de bains se substitue la lande secouée par le vent. J'attendais qu'un cavalier en surgisse, qu'il me prenne dans ses bras, qu'il me serre contre lui *comme un petit oiseau affolé.* J'attendais qu'il me dise : « *Jane, il me semble parfois qu'un cordon situé quelque part sous mes côtes est fixé au même point quelque part dans votre poitrine. Et si ce cordon se déchire, Jane, j'ai peur de me mettre à saigner.* »

– Qu'est-ce que tu veux ? avait dit Luc, en sortant dans le couloir, en pyjama sous la lampe électrique, sa brosse à dents à la main : tu connais pourtant bien ta sœur ! C'est du pur Ville-d'Avray.

Voilà ce à quoi je pensais ce jour-là, couchée dans ma chaise longue. J'étais face à la maison de ma sœur et je me demandai, un bref instant, quand elle allumerait l'ampoule extérieure, si de petits moustiques allaient monter contre le mur, comme cela arrivait autrefois, les soirs d'été, pendant nos grandes vacances à Fromentine. Je me demandais si des oiseaux, de noires corneilles, allaient se mettre à tourner autour du toit, attirées par l'obscurité.

La façade était désormais partagée en deux, noire en bas – l'ombre ayant atteint le plancher de l'étage – mais encore éclairée par le jour dans sa partie supérieure. Le haut du ciel restait rempli d'un jaune doré, très lumineux, comme celui qui illumine quelquefois la mer.

J'ai pensé à la mer et j'ai eu envie de m'en aller.

Une télévision s'est allumée dans la fenêtre de la maison en face, une maison un peu de biais par rapport à la route, puis une autre lumière dans une cuisine, je crois – on voyait des placards. On a eu l'impression que ces lumières des maisons rabattaient la nuit sur la route alors que

31

le ciel au dessus – ce vaste ciel de la banlieue – restait clair.

Les thuyas qui entourent le jardin de ma sœur ont perdu leur ombre ; ils se sont réduits à leur seule proportion.

Dans les parcs ouverts au public, la chaleur de fin de saison avait dû attirer beaucoup de monde ; les gardiens devaient commencer à siffler pour rameuter les visiteurs. Ils ferment tard car ce sont encore les horaires d'été. Maintenant, ils disposent de voitures électriques qui leur permettent de rattraper les promeneurs trop éloignés, ceux qui traînent dans les allées latérales avec l'espoir qu'ils pourront échapper à la règle. Je pensais à ces foules qui en ce moment même sortaient des parcs et des jardins publics. Peut-être que la plupart des hommes traînent les dimanches soir avec la peur de voir la journée finir, la peur d'ébranler en eux une tristesse ancienne ; peut-être que cette tristesse, nous la partageons tous, cette tristesse qu'on sent quand les choses ferment, quand elles finissent. Je me disais que c'était une vieille réminiscence, profondément humaine, le souvenir, inscrit en nous, de l'inquiétude atroce qui a dû poindre le cœur d'Ève, quand l'Ange lui a montré la porte du Paradis, et surtout quand elle a compris que ce serait définitif.

Claire Marie est revenue avec du jus de fruit et des verres.

La tondeuse s'est arrêtée.

De la haie qui sépare sa maison de celle des voisins montait une entêtante odeur d'herbe coupée ; le voisin avait dû répandre le sac d'herbes tondues sous la haie avant de ranger ses outils. Il s'était mis à arroser ; l'eau coulait sur des feuilles ; des adolescents sont passés en roller sur le trottoir.

Ma nièce a joué encore le même morceau.

Ma sœur a dit : « Schumann, le *Carnaval* ; c'est ce qu'elle travaille. Quand Mélanie partira, je ne sais pas ce qu'on fera du piano. Je ne joue pas, Christian non plus. Tout l'étage sera plus ou moins condamné. »

J'ai suggéré : « Tu pourrais apprendre à jouer, toi aussi. Tu n'as jamais pensé à faire de la musique ?

— Si, a-t-elle reconnu, ça m'est arrivé d'y penser.

— Tu as du temps. Tu pourrais apprendre. Si tu t'y mets maintenant, tu arriveras certaine-ment à jouer deux ou trois morceaux ; je crois qu'au bout de quelques leçons on peut jouer la *Lettre à Élise*.

Je m'avançais beaucoup. J'ai dit : Tout est possible.

— Tu crois ? a dit ma sœur, pensive. J'aurais aimé, j'aurais vraiment aimé. »

Je voyais que l'idée lui plaisait ; j'ai continué à insister : Bien sûr, tout est possible, il n'est jamais trop tard (bien que, dans le fond, je n'en aie pas pensé un mot). Mais c'était ainsi, plus je me sentais engluée dans la torpeur de cette fin d'après-midi, plus j'insistais : Essaie, au moins ! Qu'est-ce que tu risques ?

Tout à coup, Mélanie s'est dressée entre nous. Elle s'est plantée devant sa mère, elle s'était changée et fardée ; elle a dit qu'elle allait sortir.

— Avec qui ? a demandé ma sœur. Avec Clément ?

— On va au cinéma. Clément a repéré un film. On va dans le centre. La séance est à huit heures. Je rentrerai juste après, c'est promis.

Mélanie est partie en nous disant « À tout à l'heure ! » ; elle a refermé le portillon, elle s'est éloignée sur le trottoir. Elle ne faisait pas de bruit, elle avait lâché ses cheveux et portait des ballerines qui lui donnaient une démarche de danseuse.

J'ai demandé : Il est quelle heure ?

— Oh, reste, a dit ma sœur. C'est dimanche, quand même ! Tu as le temps ! Regarde : il fait si bon. Tu ne viens jamais nous voir. Tu ne viens pas assez. C'est à cause de Luc, je sais bien.

Je n'ai pas répondu. Il y a eu un silence contraint, comme chaque fois qu'on parle de Luc, et elle a repris :

— Tout à l'heure, avant que tu n'arrives, avant que Mélanie ne se mette au piano, en fait, je ne lisais pas, je m'étais mise à ranger dans la maison. J'avais allumé la radio et je pliais des vêtements.

Je voulais faire du tri en rentrant de vacances. Jeter ce qui ne sert plus. J'ai beau faire, il y a du désordre. J'ai dû commencer vers trois heures et le temps a filé. Mélanie a appelé Clément. Ils sont restés un bon moment au téléphone. Tout était calme dans la maison, personne dans la rue, un calme de dimanche après-midi. À la radio, ils passaient de vieux tubes ; ils ont passé : *L'Été indien.* Tu te souviens ?

J'ai commencé à fredonner :

> *On ira*
> *Où tu voudras quand tu voudras*
> *Et on s'aimera encore*

En fait, a murmuré ma sœur sans me regarder, j'ai pensé à quelqu'un. J'ai fait une rencontre, il y a des années, je ne te l'ai jamais dit ? Il m'est arrivé quelque chose.

Une rencontre !

Le mot est tombé bizarrement avec l'ombre. J'ai arrêté tout net de fredonner. Je me rappelais la formule de maman : « Va voir ce que ta sœur fabrique. »

En réalité, sur certains points, Claire Marie me fait penser à ces canards qui ont l'air de glisser sur l'eau (un glissement d'objets immobiles) mais leurs pattes remuent sous la surface à toute allure. Il y a quelque chose en eux d'un trompe-l'œil.

– Une histoire très curieuse, a repris ma sœur, c'est vrai. Je n'ai pas compris ce qui m'arrivait. Je ne me suis moi-même jamais comprise.

Elle m'a jeté un coup d'œil, puis s'est détournée vers le cèdre au milieu de son jardin. Le soir épaississait. Les lignes du tronc ressortaient encore sur le fond de la végétation, mais on ne voyait plus le détail des branches,

(les arbres dans la nuit).

– Remarque, a dit Claire Marie, dans ce genre d'histoire, il n'y a jamais rien à comprendre. Et ce n'est pas très intéressant.

∽

D'abord, je n'ai pas réagi. Je me disais que si j'insistais, Claire Marie ne parlerait plus – je la connaissais : elle se lèverait en faisant une remarque anodine, elle irait allumer la lampe extérieure et des moustiques se mettraient à monter rêveusement dans le faisceau lumineux comme autrefois, à Fromentine, à cause de la chaleur, de l'ombre, de l'herbe fraîchement arrosée ; nous resterions à les regarder en silence ; l'occasion passerait, une fois de plus. L'occasion, de savoir à quoi m'en tenir sur ma sœur.

Mais elle ne s'est pas levée. Elle n'a pas allumé. Elle paraissait perdue dans sa rêverie, les yeux toujours fixés sur l'arbre.

J'ai pensé que nos souvenirs étaient comme lui, qu'ils avaient un tronc solide et caché dans l'ombre. La nuit, quand on se penche et qu'on regarde le jardin on croit que tout est noir, mais c'est faux. Il y a, au cœur de l'ombre, ces troncs solides. Et si on marchait dans le noir sans faire attention, on se cognerait le front et on se ferait un bleu terrible.

J'ai demandé :
– Quelqu'un que tu vois encore ?
– Oh non, bien sûr que non ! C'est fini depuis longtemps. Simplement, je t'ai dit, ça me revient. Le dimanche, tu ne trouves pas, certaines choses vous reviennent davantage.
Elle a levé ses bras trop minces, ses coudes osseux ; elle a ramené ses cheveux en arrière en essayant de les arranger ; elle a dit : Le dimanche, on pense à la vie.

Son histoire commençait pourtant de la façon la plus banale. Elle avait fait office de secrétaire un après-midi au cabinet médical. Ce jour-là, dans la salle d'attente, elle avait remarqué un patient. Est-ce parce qu'il avait l'air plus silencieux que les autres ? Ou parce qu'il était rare de voir des hommes à cette heure-là, au creux de l'après-midi, au milieu de la petite communauté provisoire constituée de personnes âgées, d'enfants et de mères de famille qui remplissent les cabinets.

Il y avait dans la salle d'attente une sorte d'agitation, comme toujours. Les femmes en s'asseyant ôtaient les anoraks des petits, leur enlevaient leur cagoule pour leur dégager le visage, les mouchaient, leur sortaient des biscuits, leur parlaient à mi-voix, leur racontaient des histoires. Ou elles tournaient les pages des magazines, comme chez le coiffeur, se déplaçaient, demandaient les toilettes que ma sœur leur indiquait d'un signe discret et d'un sourire.

L'homme ne bougeait pas. Il y avait en lui quelque chose de massif, de silencieux, de presque austère. Il avait les cheveux sombres, raides, assez longs, rejetés en arrière, et il restait parfaitement immobile, les mains posées sur les genoux. Une fois seulement, il se leva, s'approcha du bureau pour vérifier l'heure de son rendez-vous.

– Ça ne va pas tarder, dit Claire Marie. Le médecin a un peu de retard.

Il hocha simplement la tête, se rassit. Par moments (elle s'en rendait compte), il la regardait.

Christian ouvrit la porte. Ma sœur consulta le registre, appela :

– Monsieur Hermann ?

L'homme se leva, remercia. Lorsqu'il fut entré en consultation, elle vérifia le nom sur le registre : Marc Hermann, 16 h 30.

Quand il sortit pour régler la visite, il se tint un moment devant le bureau, sortit ses cartes, paya en liquide, croisa à nouveau son regard, lui demanda avec un accent qu'elle n'identifia pas :

– Vous êtes la secrétaire ?

– Non, dit-elle, je la remplace. Je suis la femme du médecin.

Il faisait très doux ce soir-là quand elle quitta le cabinet. Christian était parti pour des visites à domicile. Une odeur humide sortait de la végétation dans les jardins. C'était au mois de septembre, me dit-elle, à peu près comme maintenant, à peine plus tard.

Mélanie avait ramené plusieurs de ses amies à la maison. Le salon était plein de petites filles qui jouaient avec leurs Barbie.

« Elles étaient à cet âge, dit ma sœur, cinq ou six ans ; c'est curieux, je revois nettement ce soir-là, je me revois rentrant à la maison, et toutes ces petites filles accroupies et manipulant leurs poupées ; je m'étais assise dans la cuisine ; je les écoutais jouer « à la dame ». Après, elles ont demandé à voir des dessins animés ; elles adoraient un chat qui avait des démêlés avec un oiseau ou une souris. Ce chat, me dit-elle, je ne sais plus comment il s'appelle, tu sais bien..., je crois qu'il existait déjà à notre époque. Est-ce que nous ne regardions pas nous aussi un chat qui sautillait sur ses deux pattes avec l'élasticité d'un chewing-gum, courait toujours après le même oiseau ou la même souris, et finissait par se faire ligoter dans sa propre queue ou par se coincer la patte dans une porte ? »

J'ai fait remarquer : Il y a des chats dans la plupart des dessins animés.

– C'est vrai, a reconnu ma sœur.

J'ai bu quelques gorgées ; je pensais, moi aussi, à la présence des petites filles dans une maison, avec leurs collants de laine qui grattent, leurs cheveux emmêlés, leur manière de se tenir à genoux sur une chaise contre le radiateur, de rester là des heures, le nez collé aux vitres sans qu'on sache trop ce qu'elles attendent, ce qu'elles regardent. Avec leur goût pour les chats de dessins animés qui les font rire parce qu'elles s'identifient naturellement aux souris, plus faibles, mais dix fois plus malignes :

> (*tu ne vas pas*
> *m'a-ttra-per !*
> *tu ne vas pas*
> *m'a-ttra-per !*)

Ma sœur a repris : « Quand j'ai couché Mélanie ce soir-là après le retour de Christian, elle m'a demandé de lui raconter *La Petite Sirène*.

Il faisait très chaud dans la chambre, je n'avais pas le cœur à raconter. Je me souviens que les joues de Mélanie étaient moites. Elle tortillait sous son nez et sur son menton un carré de pilou à fleurs qui était le reste d'une de mes vieilles chemises de nuit.

Je me rappelle que quand j'ai dit : *À la fin, la petite Sirène retourne jouer avec ses sœurs dans l'immense royaume des Eaux*, quand j'ai prononcé le mot « royaume », j'ai vu l'image de la mer en été sous le soleil de huit heures. J'ai eu envie de partir.

Ça n'a duré qu'un bref instant parce qu'après avoir embrassé Mélanie, en refermant la porte, je me suis dit que je lui mentais car la petite Sirène meurt. Quelles idées, me suis-je dit, on leur met dans la tête. Ce ne sont que des enfants ! Ces blessures ! Ces couteaux ! Même les contes sont trop difficiles. Tout est trop difficile. »

Un mois plus tard, peut-être, comme elle revenait de faire des courses, une voiture s'arrêta à la
hauteur de Claire Marie. Le conducteur baissa la
vitre et, quand elle se pencha, surprise, elle identifia l'homme qu'elle avait vu une fois au
cabinet ; elle reconnut le léger accent qu'il corri-
geait par une articulation soigneuse. Il souriait :
— Nous nous connaissons, je crois. Vous êtes
bien la femme du docteur ? Vous voulez que je
vous dépose quelque part ? Vous êtes chargée.

— Qu'aurais-tu fait à ma place, toi ? demanda
ma sœur.
J'ai réfléchi ; j'ai dit : Je n'étais pas à ta place,
mais c'est vrai que c'est un drôle de hasard. Si
tu étais chargée, de toute façon, c'était aimable
de sa part, et très compréhensible. Et puis, c'était
un patient de ton mari.
— J'ai fait le même raisonnement, dit ma sœur.
J'ai accepté.

Je distinguais mal son visage. Autour de nous,
dans le jardin, les arbres et la haie étaient gris,
comme moulés dans la pâte épaisse du crépuscule.

Il n'y avait qu'un trou noir à l'endroit des fenêtres de l'étage (Mélanie avait laissé la sienne ouverte en partant). À partir de ce moment, ma sœur parla comme si elle m'avait oubliée, sans s'arrêter, sans me regarder, d'une voix monocorde. Le réverbère en face de sa maison projetait une lumière fixe qui allongeait nos ombres sur la pelouse ; je percevais des bruits paisibles dont je n'avais pas l'habitude, parce que les jardins vides, coupés de murs et de haies bien entretenues, avaient une grande sonorité : on y entendait la trace discrète et bien élevée des vies, leur empreinte sensible, le glissement des pneus sur le gravillon d'une allée quand une voiture franchissait un portail, des portes qu'on fermait ici ou là, des appels, le bruit de télévisions allumées. Bien sûr, on savait de petites choses sur les voisins – les vacances, les études des enfants. Claire Marie m'avait dit qu'un peintre assez connu habitait le quartier ; elle m'avait montré la maison, la verrière d'un grand atelier juste au dessus du niveau des arbres, mais c'était tout. Chaque foyer gardait son mystère. Le soir, des bustes apparaissaient dans les fenêtres des cuisines ; des mains tiraient sur un voilage ou descendaient un store à manivelle, et les repères disparaissaient ; le carré de lumière d'une fenêtre devenait de la nuit.

Je pensais aux clôtures sécurisées, aux interphones avec système de surveillance, aux caméras qui permettaient de surveiller la rue, de voir qui sonnait au portail, de limiter les imprévus. Mais on ne peut pas tout supprimer, tous les hasards, tous les possibles.

Ce soir-là, dont elle me faisait le récit de sa voix monotone et grave, personne n'avait rien remarqué, personne n'avait observé la voiture qui ne resta garée que deux ou trois minutes le long du trottoir (le temps que l'homme baisse sa vitre, le temps que ma sœur se décide) avant de se fondre dans la circulation fluide et modérée qu'il y avait sur l'avenue. Il y a toujours du jeu dans l'espace et le temps. Des angles morts.

La voiture n'était pas récente ; la radio était mise sur une station de musique. L'homme roula un moment sans rien dire, puis coupa la radio, et se tourna vers Claire Marie :

– Je vous invite à prendre un verre ? Je ne vous ramène pas tout de suite.

Au café où ils s'installèrent, après quelques banalités sur le temps et sur Ville-d'Avray, il se présenta : il était dans l'import-export ; son entreprise entretenait surtout des relations avec l'Amérique latine.

– Qu'est-ce que vous exportez ? demanda-t-elle poliment.

– Du matériel spécialisé pour l'industrie. Je ne vais pas vous ennuyer avec ça.

Le café était très éclairé. Elle était pour la seconde fois face à lui et le voyait dans la lumière ; elle comprenait ce qui l'avait frappée : il avait un front large, des mèches plus grises qu'elle n'aurait cru ; il n'était plus tout jeune en dépit d'une allure certaine ; elle lui trouva même un air fatigué ; il remontait ses mèches en y glissant la main ; il avait des pommettes hautes, des yeux sombres – Allemand ? Argentin ? Le nom était allemand, mais après guerre, des Allemands n'avaient-ils pas émigré et fait souche en Amérique du sud ? La main qu'il avait posée sur la table devant lui, qui tenait la tige de son verre de vin, était courte, puissante, presque épaisse. Elle cherchait à interpréter son accent.

Il l'observait de près, sans jamais détourner les yeux.

Il lui parlait des ports, des gares qu'il avait fréquentés en Amérique latine, et ailleurs, dans son « autre vie ». C'était là qu'il avait commencé ; des trains qui circulaient dans des zones montagneuses ; il disait qu'on avait l'impression qu'on n'arriverait nulle part, que c'était l'aventure et qu'il avait beaucoup « roulé sa bosse » avant de réussir. « J'ai failli me tuer plusieurs fois, lui dit-il, dans mon autre vie ; on a plusieurs vies, vous savez ? Mais les affaires, là-bas, se faisaient vite. Dans les pays dangereux, on fait rapidement des affaires, il faut prendre des risques ; j'en prenais à l'époque, je voulais réussir ; je n'avais pas le choix, il fallait que je m'en sorte. »

Sans comprendre, ma sœur demanda : Et vous avez réussi ?

Il ne répondit pas, tira de sa poche un paquet de cigarettes, l'interrogea des yeux, renonça, posa sur le paquet sa main épaisse, lui sourit et dit, avec son articulation précautionneuse : « J'ai réussi au moins une chose ; je suis sorti autrefois de Hongrie. Je suis hongrois, de Budapest. »

Il avait quitté le pays jeune à cause de l'oppression, du communisme. De l'horizon bouché. Des barbelés à la frontière, des miradors. Il expliqua : « Je suis passé en 1980. C'était risqué. Il y en avait qui se faisaient tirer dessus quand ils étaient repérés. Certains y sont restés. D'autres réussissaient. J'ai réussi. J'ai pris le risque. Un jour, dit-il, je vous raconterai. Je n'avais pas grand-chose à perdre. Mon père faisait partie des opposants ; il a été liquidé au moment de la répression de 1956, quand j'avais huit ans. Ma mère et mon frère sont restés du côté communiste. Je suis le seul à être parti. J'ai choisi l'étranger. L'exil. »

Ma sœur hocha vaguement la tête parce que ces mots (la répression de 1956, le communisme) recouvraient des choses vagues pour elle ; des mots liés à notre enfance, à des images de documents d'archives qui n'avaient pas l'air de parler du monde réel mais d'un passé en noir et blanc – celui des films – et qui, à cause de cela, paraissaient aussi éloignées que la guerre. Comme ces autres mots : la « guerre froide », le « bloc soviétique ». Elle se souvint : la Hongrie faisait partie du « bloc soviétique ». On avait l'impression que c'était une sorte de bloc compact, massif comme un immeuble alors que cela couvrait un immense territoire hachuré sur les cartes – les « pays de l'Est », ceux de derrière le « rideau de fer ». Elle se souvint avoir vu des documentaires sur ces révolutions auxquelles on avait donné des noms bizarres : la « révolution de velours » ; elle pensa : « le printemps de Prague » ; elle revit des images de manifestations, des foules serrées marchaient dans les rues face aux chars, les hommes portaient des banderoles. Avaient-ils tous, comme Marc Hermann un visage énergique, le menton creusé par une fossette, un imperceptible sourire un peu railleur ?

– Je vous ennuie, dit-il, en vous racontant ça.
– Pas du tout, dit ma sœur.
Il précisa :
– Je me suis marié en France. Ma femme est française.
Ma sœur, gênée, baissa la tête.
Il souriait toujours en la regardant, et en rejetant en arrière ses mèches raides.

– Comment avez-vous réussi à passer ? demanda-t-elle. Je veux dire autrefois, cette frontière.

– Comme tous ceux qui le faisaient. Ça s'était déjà assoupli à l'époque dont je vous parle. On pouvait un peu voyager, mais il fallait déposer son passeport. J'ai choisi de traverser clandestinement. De nuit, quand les gardes sont fatigués, avant l'aube. Après l'hiver. Ce n'est pas très original. Le pire, ce sont les chiens dans les villages ; ils vous sentent et ils ne s'arrêtent plus quand ils se mettent à aboyer. Voulez-vous autre chose ? Je reprendrais bien un verre de vin.

Elle refusa, remercia :

– Il faut que je rentre.

– Je vous ramène, alors ?

Ils retournèrent à pied en bavardant vers sa voiture, firent un détour, se retrouvèrent aux abords de la gare de Chaville, marchant agréablement dans les rues.

– Laissez-moi là, dit ma sœur soudain ; c'est beaucoup plus simple. Ne vous dérangez pas, il est tard ; je n'ai qu'un arrêt. Je prendrai le train.

Mais Marc Hermann n'avait pas l'air pressé. Il protesta :

– Mais pourquoi ? Pas tout de suite.

Elle resta. Elle ne savait pas trop comment elle le quitterait ? Faudrait-il lui tendre la main ?

La nuit était tombée. Il avait allumé une cigarette et marchait très près d'elle dans l'ombre, à sa gauche ; plus près qu'il n'était nécessaire. Elle s'écarta, mais il se rapprochait ; elle remarqua son pas traînant, comme s'il faisait glisser ses chaussures au ras du sol. Il dit :

– Votre mari m'a conseillé d'arrêter de fumer, mais je ne suivrai pas ce conseil, ni celui-là, ni l'autre qu'il me donnerait peut-être. J'étais très heureux de cette occasion de vous revoir, vous savez.

Elle ne répondit pas.

Sur le quai où il accepta de la laisser, mais descendit avec elle, il la considéra un instant dans l'ombre :

– Je vous laisse, je ne veux pas vous ennuyer. Je ne veux pas ennuyer « la femme du docteur ». Allez-y. Vous allez manquer votre train.

Il lui tendit sa carte :

– Si, par hasard, vous voulez me joindre un jour. Me joindre personnellement. Vous en aurez peut-être envie, on ne sait jamais. C'est ma ligne directe, au bureau ; celle de ma société. Appelez-moi. N'hésitez pas.

Elle prit la carte, monta dans le train, et, pendant que le train s'éloignait, le vit s'éloigner lui aussi de son pas glissant, se sourit silencieusement à elle-même, dans son reflet.

∽

Chez elle, ma sœur relut plusieurs fois la carte : *Marc Hermann – Import-Export*. Il y avait un numéro de téléphone et une adresse à Versailles. Elle hésita à la noter dans son carnet, et finalement laissa la carte dans la poche de son imperméable, dans la penderie.

– Je ne sais pas, dit-elle à Christian, si tu te souviens d'un patient qui est venu le jour où j'ai fait le remplacement, il y a quelques semaines ? Un homme du nom d'Hermann.

– Peut-être, dit Christian. Pourquoi ?

– Je ne sais pas. Pour rien. Le nom m'est revenu. C'est un nom étranger.

– J'en vois passer tellement. Comment veux-tu que je me souvienne ?

Elle voulut demander : Qu'est-ce qu'il avait ? Mais c'était peine perdue.

Dans les jours qui suivirent, elle pensa un peu à Marc Hermann.

Puis elle y pensa moins.

Un automne humide s'installait. Il faut savoir ce qu'est l'automne à Ville-d'Avray. Octobre. Novembre. Dans les centaines de jardins mitoyens qui s'étagent sur les collines, les plantes rouillaient, les arbres perdaient leurs feuilles. La pluie commençait le matin, s'arrêtait à midi, puis reprenait vers le soir. Le quartier semblait mort, les jardins perpétuellement assombris par les averses, les toits d'ardoises luisaient, les feuilles détrempées macéraient en tas. Dès qu'il faisait nuit, le goudron mouillé reflétait de larges couronnes de feuilles jaunes. Le même paysage mélancolique et abîmé se reproduisait, s'étendait de rue à rue. Les gens sortaient moins.

Souvent, quand elle allait se promener à Saint-Cloud (ce qui était sa promenade habituelle), ma sœur était seule dans les allées du parc. Elle marchait vite, mains dans les poches. Ses bottines touchaient de larges feuilles humides encore rouges, glissantes, fraîchement tombées qui couvraient les couches plus anciennes et décomposées, dont certaines dataient du précédent hiver. Les arbres tenaient mieux dans le parc, parce qu'ils étaient de plantations anciennes. Le rouge verni, le jaune bouton d'or, le roux éclatant de certaines variétés – exactement le même que celui des pieds de chrysanthèmes qu'on déposait en pots dans les cimetières ou pour la décoration des carrefours – faisaient des taches d'une lumière fantastique quand l'ombre descendait.

Quand elle rentrait de ses promenades et longeait les rangées de maisons, un chien aboyait, invisible derrière une clôture, ou dans un garage. Il gémissait lentement, avec une violence rageuse. Il devait courir de part et d'autre de la porte coulissante en essayant de trouver une issue. Il arriva qu'elle pense à ce que lui avait raconté Marc Hermann : les chiens dans les villages de la frontière hongroise, du côté soviétique. Elle avait regardé des livres. Elle avait cherché des noms de villes. Elle avait lu que les garde-frontières tiraient sur ceux qui tentaient de traverser. Avait-on tiré sur lui ? Il avait parlé d'une vie dangereuse. Les lignes de frontière étaient électrifiées. La plaine était à découvert.

Il y en avait qui, une fois détectés, se mettaient à courir sans espoir, sans s'arrêter aux sommations tandis que les gardes les mettaient en joue. Il lui avait dit qu'il était passé avant l'aube.

Elle imaginait que la frontière coupait des bois, de grands champs de campagne tristes, constamment gelés en hiver, des villages silencieux, engourdis ; elle pensa aux aboiements de chiens hostiles et enfermés.

Elle allait chercher Mélanie.

À la sortie de l'école, les enfants se poursuivaient en sautillant sur les trottoirs, Plus le jour baissait, plus la lumière semblait irradier des feuilles ; elle s'allumait à l'intérieur des réverbères, devenait très jaune, se diluait autour des lanternes dans l'ombre mouillée et obscure.

Il arrivait de plus en plus souvent à Claire Marie de s'approcher de la fenêtre sans y penser et de regarder dehors, comme elle faisait, petite. Toute la nuit (il le lui avait raconté), à la frontière, le rideau de barbelés et de miradors restait éclairé par des projecteurs ; ce qu'elle voyait, en regardant sa rue, c'étaient ces cercles lumineux et les poches d'obscurité qu'observaient ceux qui autrefois avaient désespérément voulu partir, changer de vie.

– Tu n'as pas très bonne mine, lui fit remarquer Christian ; je vais te prescrire des vitamines.

Ce qu'elle ne dit pas à Christian (mais qu'elle m'avoua à moi, dans son récit), c'est qu'un jour où elle se promenait à Saint-Cloud, comme à son habitude, elle eut le sentiment d'être suivie. L'allée où elle s'était engagée longeait une large pelouse rectangulaire – de celles qui, à la belle saison, sont autorisées aux pique-niques. On venait de passer à l'heure d'hiver. Le parc était désert, la clarté faible, entre chien et loup, le sentiment précoce de la pénombre accru par un ciel nuageux et couvert, un ciel de pluie. Elle entendait derrière elle un bruit de pas réguliers, espacé de quelques mètres. Au début, elle crut à une illusion, mais le bruit continuait. Elle ne se retourna pas, suivit la pelouse jusqu'au bout, comme si elle n'avait rien remarqué, en tenant fermement son parapluie. Avec soulagement, elle identifia un couple sur sa droite, s'orienta dans sa direction, trouva un escalier qu'elle descendit, surveillant le bruit derrière elle ; il fut à peine plus sonore sur les marches de pierre.

Il pleuvait faiblement. Elle reconnut, bornant l'allée plus basse vers laquelle descendait l'escalier, un rang de buis taillés en forme de petits obélisques. Ceci montrait qu'elle approchait d'une zone où le parc était aménagé, près d'une sortie ; il y avait une fontaine. Elle aperçut plusieurs torses de pierre silhouettés sur l'obscurité, des statues en cercle – probablement un genre de bosquet. La pluie tombait dans un bassin central ; une pellicule de lumières orangées (venues des réverbères d'une rue en bordure du parc) brillait sur l'eau.

Le bruit des pas avait cessé ; il avait été remplacé par le bruit frissonnant et permanent de la pluie fine.

Elle s'arrêta. Il y avait plusieurs personnes autour du bassin. Elle s'en approcha ; elle fut incapable de dire si c'était l'une d'entre elles, un homme penché sur la bordure en pierre, qui l'avait suivie. La pluie crépitait toujours sur son parapluie comme sur un tambourin. Elle se dit : J'ai dû rêver.

L'épidémie de grippe commença tôt cette année-là en raison de ce temps humide. Beaucoup d'appels étaient transférés vers la maison ; le téléphone sonnait sans arrêt et chaque fois qu'elle décrochait ma sœur dut s'avouer qu'elle attendait vaguement quelque chose.

Un mercredi de la mi-décembre, Mélanie partit chez ses grands-parents qui l'avaient réclamée. Christian était au cabinet. Elle resta seule.

Il s'était mis à faire très beau, ce temps froid, sec, lumineux, qui accompagne les premières gelées. Le quartier sentait le feu parce que les gens profitaient du temps sec pour brûler leurs tas de feuilles.

Christian appela juste après le déjeuner.

– La salle d'attente est pleine, j'en ai pour tout l'après-midi, et j'aurai des visites avant de rentrer.

Claire Marie prit un air enjoué :

– Ne t'inquiète pas, j'ai de quoi m'occuper, je vais nettoyer les feuilles.

Mais il y eut peut-être dans sa voix quelque chose qui frappa Christian, car il ne raccrocha pas tout de suite :

– Tu es sûre que ça va ? demanda-t-il. Ce soir, quand je sortirai, on peut aller dîner. On ira à Saint-Cloud, à l'Oasis ; ça te changera. On laissera Mélanie chez ma mère. On va se faire une petite soirée tous les deux ? Ça te dit ?

– Pourquoi pas ? dit ma sœur.

– Tu as vu ? ajouta Christian, nos camélias sont en boutons.

– Oui, dit ma sœur.

Elle raccrocha, regarda le jardin, vit contre le mur les petits boutons verts, durs comme de jeunes tomates, et tandis qu'elle se tenait à la fenêtre, devant les camélias prêts à fleurir, un affreux chagrin la saisit, un chagrin qui l'empêchait de bouger, qui traversait le temps, qui venait, lui sembla-t-il, de très loin, des heures vides de l'enfance, d'une attente qui n'avait jamais cessé. Il lui coupa le souffle au point qu'elle n'arrivait plus à respirer.

Elle se secoua, ouvrit le garage, farfouilla un moment, chercha le râteau sans le trouver, s'énerva, finit par le dégager d'un ensemble d'outils et commença sans entrain à ratisser les dernières feuilles sur sa pelouse. Puis elle décida d'appeler pour savoir comment se passait le séjour de Mélanie chez sa grand-mère, mais personne ne décrocha ; sa grand-mère avait dû l'emmener en promenade.

Elle reposa le combiné, sentit à nouveau ce creux dans sa poitrine, puis sous une impulsion, se rendit jusqu'à sa penderie, chercha la carte dans la poche de son imperméable, la retourna un long moment entre ses doigts, revint auprès du téléphone et fit le numéro de Marc Hermann. Le téléphone sonna longtemps. Elle avait l'impression qu'il sonnait au bout de longs couloirs. Ses doigts tremblaient. Elle raccrocha, mais c'est chez elle qu'il se mit à sonner de nouveau.

Elle reconnut la voix basse de Marc Hermann :

— Vous venez d'appeler ? Qui est à l'appareil ?

— La femme du docteur, balbutia Claire Marie, vous vous souvenez ? Vous m'aviez proposé...

— Mais bien sûr. Mais bien sûr. Je n'aurais pas osé espérer que vous le feriez spontanément. Vous avez de la chance. J'étais en déplacement en début de semaine. Je suis rentré seulement hier. Mon avion avait beaucoup de retard. Est-ce que, par hasard, vous seriez libre ? Je n'ai pas de rendez-vous actuellement. Vous voulez que nous nous retrouvions quelque part ? Que je passe vous prendre en voiture ? Je peux me rapprocher de Ville-d'Avray. Vous avez de quoi noter ? Je peux venir tout de suite.

Elle refusa, mais il insistait ; il lui donna le nom d'une rue. Il dit : J'en ai pour cinq minutes.

La voiture attendait au carrefour ; il sortit lui ouvrir la portière.

Il portait un pull noir, un manteau sombre.

– Où allons-nous ? Voulez-vous que nous allions aux étangs ? C'est toujours agréable.

Et il mit le moteur.

Ma sœur s'interrompit :
– Tu vas souvent aux étangs ?
– J'y suis allée surtout avec toi et Christian.
Je me rappelais que nous y terminions nos après-midi de visite. Christian, qui n'aimait pas rester longtemps tranquille sur sa pelouse, proposait : Une marche aux étangs ? Vous venez ? On se secoue ?
On en faisait le tour. De partout on pouvait suivre la progression des autres promeneurs à leurs bustes inversés dans l'eau sombre.

En réalité, je les connaissais depuis longtemps, ces étangs, je les connaissais *avant de les avoir jamais vus* : des tableaux de Corot illustraient Nerval dans notre manuel de littérature, en première.
Tout juste si je ne voyais pas ma sœur se promener avec son inconnu dans leur décor de reflets, de beaux arbres, de feuillages mouchetés de toutes petites taches claires, comme des corps flottants, comme si le flou du rêve s'interposait entre l'image et le regard (c'est toujours le cas chez Corot).

Tout juste si je n'entendis pas derrière son récit les vers d'*El Desdichado* qui figuraient en regard sur la page :

Je suis le Ténébreux, le Veuf, l'Inconsolé
Le Prince d'Aquitaine à la tour abolie...

– Je vous ai appelé comme ça, dit ma sœur quand elle s'assit à côté de Marc Hermann – embarrassée, maladroite, mais s'abritant derrière un ton léger. Par hasard. Elle mentit : Je venais juste de retrouver votre carte dans la poche de mon manteau. C'était l'occasion. Je croyais vraiment l'avoir perdue.

– Le hasard, ça n'existe pas tout à fait, dit-il avec un sourire ; on peut l'aider ; on a la liberté de choisir.

Elle se tut.

Dès qu'ils étaient sortis de la voiture, il avait allumé une cigarette. Il fumait en marchant, parlait peu, traînait toujours les pieds (il avait une démarche curieuse) ; elle commençait à regretter son geste irréfléchi, respirait cette odeur de tabac dont elle n'avait pas l'habitude.

Ils firent lentement le tour d'un des étangs. Le soleil était lumineux, mais très pâle, sans chaleur, presque blanc. Il était quatre heures de l'après-midi. Il y avait par endroits de fines plaques de givre sur l'eau boueuse et sombre qui, en raison de l'enfoncement des troncs d'arbres, semble contenir une forêt à l'envers. On y voyait, en se penchant, une étrange mangrove noueuse de racines et de reflets. Des canards flottaient entre les roseaux.

– Vraiment, je m'en veux, continua ma sœur. Vous avez du travail. Je vous ai dérangé, certainement. Mais je me posais des questions à votre sujet. Ce que vous m'avez dit sur la Hongrie...

Il était pourtant clair qu'elle ne pouvait pas donner le change et que ses prétextes sonnaient faux.

Il était évident qu'elle commençait à s'enferrer dans cette histoire : avec quelqu'un dont elle ne savait rien ; un Hongrois plus très jeune qui venait « de derrière le rideau de fer », qui se donnait pour pas très cher un brevet d'héroïsme avec son évasion (même si le rideau de fer n'existait plus depuis longtemps, même si le rideau de fer n'était plus qu'un souvenir). Un « entrepreneur » qui faisait de l'exportation vers l'Amérique latine, ce qui pouvait – si on réfléchissait un peu – recouvrir des activités douteuses. Au fond, celui qui s'était trouvé là. Le « Ténébreux » de service.

C'était peut-être à cette rencontre qu'elle faisait allusion le jour où elle m'avait demandé : Est-ce que tu n'attends pas *autre chose* de ta vie ?

J'ai essayé de me souvenir, quand était-ce ? La date devait correspondre. Elle n'avait rien dit de plus à l'époque. C'était ma faute ; j'avais écarté sa question. Mais plus je réfléchissais, plus j'en étais sûre : ce devait être pile à ce moment où elle s'était jetée dans les bras de ce Marc Hermann sous le prétexte de s'intéresser à la Hongrie, par désœuvrement et ennui, parce qu'elle attendait *autre chose*, comme « une abeille contre la vitre ».

Lui la voyait venir. Ma sœur était une proie facile (même si je raisonne avec des mots stupides). Il avait suffi de la regarder d'une certaine façon, de lui faire une déclaration très directe : Vous me plaisez, en insistant : Je vous choque ? Je vous fais rougir ? Ou de suggérer en souriant « Si j'essayais de tenter ma chance. » Il avait suffi de lui dire « Vous en aurez peut-être envie. » Quand on voyait ma sœur, son air anxieux mais disponible, son air de vivre « dans la lande » – cet air que j'appelle à part moi son air *dame au petit chien* depuis que j'ai lu la nouvelle de Tchekhov.

Je comprenais si bien le mécanisme ! son désarroi quand elle s'est sentie enfermée, la quarantaine venue, dans sa maison de Ville-d'Avray – elle l'a reconnu – quand elle a compris que sa vie était « sur des rails » : Mélanie grandissait, Christian était absorbé par ses malades et la marche du cabinet ; il l'aimait d'une manière routinière, confortable et distraite. Qu'est-ce qui lui restait à attendre ? Qu'est-ce qui pouvait encore advenir ? Simplement que les heures *la blessent*, une à une ? – voilà que me revenait d'on ne sait où, de très loin, cette vieille citation latine que monsieur Jumeau nous avait traduite ; une devinette inscrite sur un cadran solaire romain : *Toutes blessent, la dernière tue.* Il avait expliqué que c'étaient les heures. Enfant, j'avais été frappée par cette image de blessure. À l'époque, je n'imaginais pas qu'une blessure puisse être purement intérieure. Ou plus exactement, je ne voyais pas le temps comme une blessure.

Je me suis dit : Pourtant c'est vrai ; pourtant, c'est juste ; c'est ce qu'elles ont fait ; c'est ce que les heures font au bout du compte, elles le font même si vite !

Hermann avait certainement plaisanté pour la faire rire : ma sœur est plutôt grave, mais quand elle rit, sa timidité disparaît, cette réserve que certains peuvent prendre pour de la froideur ; elle rit d'abord avec une forme d'incrédulité, puis franchement, avec une spontanéité candide.

J'ai senti de la colère contre cet homme. Parce qu'il profitait de la situation ; parce qu'il n'avait rien compris à ma sœur.

Pour lui, c'était simplement par curiosité, pour voir comment elle riait, pour voir comment réagirait à quelques petites provocations faciles une

femme timide, une femme vraiment « rêveuse »,
une femme de Ville-d'Avray.

～

– J'habite, lui dit-il, de l'autre côté, par là (il
fit un geste vague vers la masse épaisse du bois).
Nous sommes presque voisins. À ce propos, je
vous ai vue une ou deux fois à Saint-Cloud avec
votre fille. Vous avez bien une fille ?
– À Saint-Cloud ? demanda ma sœur.
– Oui, à Saint-Cloud. Je vous ai repérée. J'y
vais de temps en temps. J'y venais, un moment,
avec ma femme.
– Repérée ? dit ma sœur,
– Reconnue, si vous préférez ce mot-là. Pardonnez-moi, je ne maîtrise pas toutes les nuances
de votre langue. Vous êtes souvent seule. Depuis,
dit-il négligemment, autant être sincère, j'ai
trouvé votre domicile ; ce n'est pas difficile (il rit
un peu) *la femme du docteur*. Je suis passé plusieurs fois devant chez vous en me promenant, le
soir. C'est une belle maison. Je suppose que les
pièces où vous vous tenez donnent sur le jardin.

Elle avait ramassé une brindille et la cassait en
petits morceaux en écoutant avec un extrême
intérêt, inquiète des images que cela suscitait en
elle, de même que ces mots qu'il avait prononcés
avec une insistance curieuse et une sorte de jubi-
lation dans la voix : « la femme du docteur ».

– Ne martyrisez pas ces malheureuses brindilles, lui dit–il, elles ne vous ont rien fait. Ce
que vous êtes nerveuse ! Je peux même vous dire
que pendant ces promenades, vous portiez un
imperméable de couleur claire, beige ou ocre.
Vous l'avez mis souvent au début de l'automne.

– Ne croyez pas, dit ma sœur, interdite. Ne
croyez pas, surtout.

– Pourquoi m'avez-vous téléphoné dans ce
cas ? Je sais que les femmes sont illogiques, mais
quand même.

Il se pencha, lui prit les mains, les desserra
pour en faire tomber les brindilles.

Ma sœur protesta faiblement :

– Il faut que je rentre maintenant, il faut vraiment que je rentre. On va m'attendre.

– Mais pourquoi ? Qu'avez-vous de si pressé ?
Pour une fois. Pourquoi ne voulez-vous pas
rester avec moi ?

– Mon jardin, se plaignit ma sœur.

– Votre jardin peut attendre. Aujourd'hui, je
vous trouve distante. Vous étiez beaucoup plus
spontanée au café, l'autre jour. J'ai regretté. Je
partais le lendemain matin ; mon avion était à
sept heures. J'ai failli vous appeler du taxi. J'ai
même failli vous appeler de là-bas. J'avais trouvé
votre numéro de téléphone.

– Il ne fallait pas, dit ma sœur, pas du tout.
N'en parlons plus. C'était absurde.

– Pourquoi absurde ?

– Parce que, dit ma sœur, entraînée par sa faute sur un terrain glissant. Elle se tut.

– Pourquoi absurde ? répéta-t-il, plus tendrement cette fois, en essayant de l'attirer contre lui. Puis il la rassura :

– Ne vous fâchez pas. Je suis si sincèrement heureux de votre compagnie. Il y a trop de monde ici, vous ne trouvez pas ? On va prendre une allée tranquille.

Ils avaient terminé la boucle. Il lui fit traverser une route et l'entraîna vers le bois de Fausses Reposes. En semaine et en journée, personne n'y vient, sauf peut-être un jogger qui trottinait en regardant droit devant lui, ou, dans les allées enfoncées, sous le couvert, un cavalier indifférent devant lequel ils s'écartèrent. Il leur fit un signe de tête poli, puis s'éloigna, son corps tanguant un peu de travers sur l'arrière-train énorme de sa bête.

Marc Hermann la laissait passer devant lui quand le chemin se rétrécissait ; il lui raconta qu'il l'avait attendue, qu'il ne pensait pas qu'elle le rappellerait, qu'il était revenu en voiture près du carrefour où il l'avait croisée la première fois, avec des courses ; il lui décrivit l'imperméable clair qu'elle portait au début de l'automne ; il attendit pour la serrer à nouveau contre lui qu'ils s'enfoncent sous les arbres.

Le soleil descendit très tôt. Comme il faisait très sec, quand il se coucha, le ciel comme irrité, devint rouge entre les branches nues.

– Tu sais, toi, d'où vient le nom de Fausses Reposes ? demanda ma sœur à Christian ce soir-là, attablée derrière la grande vitre de l'Oasis.

– À mon avis, l'orthographe a changé, dit Christian. À l'origine, c'était peut-être Fosses Reposes. Il faudrait que je vérifie ; il a dû y avoir un épisode dans le passé, je ne sais pas quoi. Une histoire de la guerre. Peut-être l'exécution d'un maquis. Il y avait certainement des maquis dans le coin. Ils ont pu piquer des résistants. Dans ce cas-là, on les passait directement au peloton.

Mais quand il vit son air inquiet, il corrigea :

– Le nom est probablement très ancien. Quand je parle de guerre, ça peut remonter à très loin, à la guerre de Cent Ans. Ou légendaire. Beaucoup de noms de lieux sont liés à de vieilles légendes, à des superstitions. Il n'y a rien de réel dans tout ça. C'était simplement un bois sombre, qui faisait peur. Les bois sombres ont toujours fait peur. Il y a aussi la proximité des étangs. Ils ont une grande profondeur, souviens-toi. C'était peut-être ça, la fosse.

Il essaya de la rassurer mais plus il minimisait, plus il parlait de vieilles légendes sans fondement, du calme que suggérait le nom de Fausses Reposes, plus elle pensa qu'il avait dû se passer dans le bois quelque chose de terrible, d'oppressant. Elle se mit à penser à l'un de ces faits divers dont les journaux parlent une semaine, puis qu'ils oublient et qui restent encagés dans l'ombre humide, dans le grincement des troncs quand ils remuent, dans la peur vague de ceux qui s'en souviennent, et qui disent : Ne s'est-il pas passé quelque chose ici ? Quelqu'un n'a-t-il pas été terriblement *imprudent* ?

— Ce n'est pas là, demanda-t-elle, qu'on a retrouvé un homme politique ? Noyé dans quelques mètres d'eau ? ça me rappelle quelque chose que j'ai lu. Un homme politique noyé dans un étang.

— Je ne sais pas, dit Christian, je ne sais plus, et on s'en moque. Ils ont conclu au suicide de toute façon. Dans le cas des hommes politiques, ils concluent toujours au suicide.

Elle avait les joues rouges, l'air absent ; elle pensait que la façon dont elle avait occupé son après-midi se lisait dans ses yeux comme dans un livre. Elle évitait de le regarder en face, restait tournée vers le parc de Saint-Cloud, noyé par la nuit.

J'ai oublié de préciser quelque chose, continua ma sœur.

Il y a eu, à ce moment-là, à Ville-d'Avray, une histoire que tout le monde a montée en épingle ; c'est le cas dans les villes comme la nôtre. Tu comprends, ici, c'est tout petit et tellement tranquille : on avait signalé un homme dans le quartier de la gare. Il avait été vu plusieurs fois dans ce qu'on appelle la sente, une sorte de raidillon très pentu qui longe la voie de chemin de fer et permet de la traverser, en haut, sur le viaduc au-dessus du tunnel, pour rejoindre Sèvres. Il est souvent désert au milieu de l'après-midi, fréquenté par les gens qui sortent des trains, qui l'utilisent comme raccourci ou pour la promenade, en majorité des enfants, ou des femmes seules. En haut, à cause du viaduc, de l'enfoncement des trains sous le tunnel, des herbes folles, on a un peu l'impression d'être en montagne.

Une réunion d'information avait été organisée à l'école. La direction prenait le témoignage au sérieux. Les enfants rapportaient des avertissements glissés dans leurs cartables. Tous disaient la même chose : que cet homme avait été « aperçu » plusieurs fois, qu'il pouvait correspondre à un individu recherché (ils mettaient plusieurs portraits-robots en photocopies) qu'il ne fallait pas s'affoler, mais être vigilant : la proximité de la gare pouvait faire penser que cet homme circulait sur la ligne St-Lazare-Versailles rive droite. On ne pouvait pas lui reprocher grand chose : il restait dans le chemin, renfoncé sous un arbre, et il se contentait de demander aux petites filles quand elles montaient : Comment t'appelles-tu ? Quelquefois aussi, selon le témoignage de certains enfants, on le voyait sur le viaduc, il se penchait au-dessus du parapet pour regarder passer les trains et observait d'en haut le mouvement des voyageurs. Peut-être simplement un homme qui n'avait rien à faire.

Naturellement, me dit ma sœur, j'avais posé la question à Mélanie, j'avais dit : Tu as vu ce monsieur ? Si tu le vois, tu me préviens, tu ne réponds pas, tu marches vite, tu ne parles jamais à un inconnu.

J'ai souri : Tu aurais pu t'appliquer le conseil.

Elle n'a pas répondu.

∾

Il plut toute la matinée du lendemain de la promenade aux étangs.

Il pleuvait toujours quand on sonna au portail en plein milieu de l'après-midi, à l'heure la plus creuse. Claire Marie traitait des factures en retard ; elle sursauta ; les enfants étaient à l'école, la rue, vide. Elle attendit une minute, puis se leva sans faire de bruit, alla à la fenêtre, regarda à travers le voilage. Ce n'était qu'une de ses voisines, madame Dufaux, une petite dame à cheveux gris qui habitait près de la gare. Elle avait l'air essoufflée et trempée, elle secouait son parapluie.

– Pardonnez-moi de vous déranger, Claire Marie, mais je suis inquiète, vous voyez, je suis essoufflée, j'ai marché vite et la rue monte jusqu'à chez vous ; je commence à peiner dans les pentes. Je voulais vous prévenir que j'ai vu la police devant une maison du quartier. La fourgonnette était garée mais ils avaient laissé le gyrophare. Je ne sais pas ce qu'ils faisaient. Ils sont restés un bout de temps, peut-être bien deux heures, d'après ce qu'ont dit les voisins, aux alentours de midi. Est-ce que c'était pour arrêter quelqu'un ? Et tout à l'heure, devant le café, il y avait un type bizarre. Ce n'est pas la première fois que je le vois. Il traînait aux abords de la gare. Ce ne serait pas celui dont ils parlent dans le journal ? Celui qui traîne à proximité du viaduc ? Je suis venue à toute vitesse pour vous prévenir. Je pensais bien que vous étiez chez vous. Vous ne voulez pas téléphoner ? Si c'est lui, il faudrait signaler sa présence à la police.
Elle parlait vite, très essoufflée : Il fait sombre dans votre salon ! Vous n'allumez pas ? Moi,

maintenant, j'allume dès trois heures ! Les jours sont devenus tellement courts ! C'est terrible !

Claire Marie proposa du thé, alluma, alla chercher l'avertissement dans le cartable de Mélanie.

Elles s'assirent dans le salon, se penchèrent sur la feuille : une simple photocopie, sans doute même une photocopie de photocopie (on voyait qu'elle avait été passée et repassée dans la machine). L'encre faisait une ombre sur le bas des visages ; les trois hommes photographiés de face avaient les cheveux courts, presque rasés ; un instant, ma sœur eut une sorte de peur ; elle comprit ce qu'elle avait redouté. Ce n'est pas possible, se dit-elle. Ils sont beaucoup plus jeunes. C'est stupide.

Et elle se rassura : c'est un chef d'entreprise. Il a « pignon sur rue ».

Madame Dufaux étudiait la photo, elle aussi ; elle sortit ses lunettes, l'examina sous la lumière de l'abat-jour, eut l'air déçu :

— Ce n'est pas lui, dit-elle. Je ne pense pas que ce soit lui. Ça n'y ressemble pas ; remarquez, on ne peut pas vraiment reconnaître.

— L'homme que vous avez vu travaille peut-être à Ville-d'Avray, au café de la gare, ou dans les services d'entretien, fit remarquer Claire Marie.

– Il avait surtout l'air de traîner, d'observer l'intérieur des maisons, si vous voyez ce que je veux dire. Je suis restée derrière ma fenêtre et j'ai observé son manège. Il a fait plusieurs fois des allées et venues dans la rue. Pour quoi faire ? Ce n'est pas un temps à se promener ; il pleut et il fait vraiment frais. Je suis trempée rien que de venir jusqu'ici. Ce genre de types, je les repère, ce n'est pas le premier que j'observe. Certains tapent sur les digicodes pour chercher les combinaisons. Je les surveille de derrière ma fenêtre. Je repère ceux qui rôdent en voiture. Il y en a, vous savez. Qui remarque une voiture garée trop longtemps dans une rue ? Il faut tout surveiller ! On n'est jamais assez prudent. Vous avez vu ce qui se passe en Amérique ?

– On est loin de l'Amérique, dit ma sœur.

– Je pars du principe que tout peut arriver, ici aussi. Je ne sais pas si vous êtes au courant, mais il y a eu un cambriolage chez le peintre, il y a une quinzaine. Ils n'ont pas fait beaucoup de publicité, mais je l'ai entendu dire à la boulangerie. Ils se sont introduits dans la maison en pleine nuit ; d'abord dans le jardin ; ils n'ont pas été détectés par l'alarme. Ce qu'il y a de plus effrayant, c'est qu'il n'y ait pas eu d'effraction. Ils avaient le code ou les clefs. Ils étaient très bien renseignés car le peintre était en voyage. Dans le quartier, tout le monde dormait sur ses deux oreilles ; personne n'a rien entendu.

– Merci, répondit ma sœur ; je l'ignorais ; c'est très gentil de vous être dérangée ; je ferai attention ; c'est promis.

Sur le seuil, elle regarda madame Dufaux batailler avec son parapluie, l'ouvrir et s'éloigner sous le réverbère, puis elle ferma la porte à double tour.

Le jardin et la rue étaient noirs, il pleuvait toujours et la grosse suspension moderne du bureau du rez-de-chaussée se reflétait en face d'elle dans la vitre, éclairant les pointillés des gouttes qui se collaient sur les carreaux à l'extérieur avec le bruit léger que peut faire la pulpe des doigts, puis sinuaient vers les angles en longues coulures. Le vent s'était levé et l'averse était forte.

Elle alla dans sa penderie, tâta la poche de son imperméable, trouva la carte, et la relut : *Marc Hermann, Import-Export.*

Rien à voir, se dit-elle. C'est une entreprise comme les autres. En plus, j'ai le numéro de téléphone.

Mais, quand elle releva la tête, elle se dit, elle aussi : Qu'est-ce qu'il fait noir ! On dirait que les gouttes veulent rentrer à l'intérieur.

Elle eut de lointains souvenirs de fenêtre laissée ouverte, de pluie blanchissant le parquet sous un radiateur ; un orage d'été autrefois, quand il avait fait lourd toute la journée, que la pluie venait d'un coup, et qu'on avait laissé les fenêtres ouvertes, une de ces grosses pluies qui font un bruit énorme, qui soulagent et attristent.

Elle se regarda dans la vitre, pensa soudain : on peut me voir depuis l'extérieur, éteignit la lumière, souleva le rideau et observa tout un moment la rue obscure. Rien ne remuait. Les voitures stationnées n'avaient pas bougé, elle les compta, chercha à distinguer s'il y avait quelqu'un à l'intérieur. Mais pourquoi y aurait-il quelqu'un ? Qui resterait dans sa voiture contre le trottoir d'une rue résidentielle un après-midi de semaine sous une pluie battante ? À cette heure-là, les gens travaillent. Puis elle pensa (ou plutôt se souvint) : *On peut aider le hasard.*

Le téléphone sonna.

Elle n'alla pas répondre ; il n'y avait aucun bruit dans la maison, à part celui d'une machine en marche et peut-être, tout en bas, plus sourd et régulier, celui de la chaudière. Elle monta dans la chambre de Mélanie : la pluie y était plus sonore parce qu'elle tapait sur les ardoises du faux grenier.

À nouveau, de là, cachée par le rideau, elle observa la rue, les carrosseries des voitures ; elle les recompta. Au loin, des toits mouillés se recouvraient du glaçage orangé des néons de la gare (on aperçoit un peu de la gare depuis la chambre de Mélanie, une toute petite portion du quai). Comme elle se détournait, sa main frappa les touches du piano qui vibrèrent avec une telle intensité qu'elle en trembla.

– Qu'est-ce que j'ai fait ? se demanda-t-elle. Qu'est-ce qui m'arrive ?

Pourtant, quand la pluie diminua, elle sortit.

Elle monta par la sente et vit l'homme dont madame Dufaux avait parlé. Elle sut que c'était lui. Il se tenait contre le mur de clôture d'une maison, sous un arbre qui ne l'abritait pas car il n'avait plus aucune feuille.

Il portait un anorak fin, dont la doublure devait mal le protéger de la pluie qui n'était pas très forte mais persistante ; des coulures sombres d'humidité marbraient le mur derrière lui. Elle vit, posé contre ce mur, à ses pieds, un sac dans lequel probablement était roulé un duvet. Elle se dit : il dort là. En haut de la rue, il y a un terrain vague avec une cabane.

Il mangeait un morceau de pain mouillé qu'il dissimula quand il la vit. La ruelle est très étroite, sombre ; il était difficile de s'y croiser en s'ignorant. Il n'y avait aucun signe que l'homme fît la manche, aucun récipient pour laisser des pièces ; il ne demandait rien ; il avait les cheveux plaqués par la pluie, un air étriqué et glacé, un tel air de gêne extrême, de désespoir hostile, mais qui ne veut pas se montrer, que ma sœur fut émue.

Elle chercha quelques pièces dans son porte-monnaie. Les lui tendit. Il regarda ailleurs.

Le soir, lorsque Mélanie fut couchée, ma sœur lut au lit. Plus exactement, elle fit semblant de lire car il lui était devenu impossible de se concentrer : au lieu de lire, elle se posait toutes sortes de questions bizarres. Elle se demandait si, par la fenêtre, on pouvait voir la lumière de sa liseuse, si le point jaune de sa liseuse passait entre les volets ; elle revivait en boucle sa récente promenade aux étangs.

Elle était si troublée qu'elle ne s'était pas aperçue qu'ils s'éloignaient du circuit balisé près de la route ; ils avaient suivi un moment une allée forestière, toute droite, au sol tapissé de feuilles. Ils marchaient dans la direction opposée au courant des voitures qui traversent la forêt ; elle les entendait, au loin ; la soirée s'avançait ; elle s'en était aperçue en voyant tout à coup le haut des arbres noirs se découper sur le ciel froid, de cette couleur d'eau grise qui précède le crépuscule. Elle avait dit : « Ramenez-moi, je veux rentrer maintenant, tout de suite. »
Il s'était incliné, et l'avait arrêtée près de chez elle, à quelques rues. Elle était arrivée très en retard à l'Oasis.

Elle referma son livre brusquement, dit à Christian : Il paraît qu'il y a eu un cambriolage dans le quartier.
– Oui, dit Christian. Assez violent. Ils sont entrés chez le peintre de nuit. Ils avaient des

armes. Manifestement, des types qui ne reculent devant rien, qui ont pris de gros risques. Ils savaient ce qu'ils allaient trouver. Des types qui s'étaient renseignés. Ils avaient certainement fait des repérages ; ils avaient même du matériel pour découper les toiles de leurs cadres. Ils avaient dû tourner autour de la maison depuis un bon bout de temps. Ferme les portes en ce moment, c'est préférable.

Puis elle dit : Un homme tournait dans le quartier tout à l'heure.

— Quel homme ? demanda Christian.

— Je ne sais pas. Madame Dufaux est venue me prévenir. Un clochard.

Le téléphone sonna deux ou trois jours plus tard, presque à la même heure, celle où madame Dufaux s'était présentée, à la tombée du crépuscule. Cette fois, Claire Marie décrocha. Bien sûr, c'était Hermann.

Il eut l'air d'hésiter :

– J'espère, commença-t-il, que vous ne m'en voulez pas d'avoir insisté l'autre jour.

Puis il tenta : il expliqua qu'il y avait des après-midi où il pouvait se libérer sur le tard. Il y avait un peu de marge dans son agenda. Il pouvait s'arranger avec ses rendez-vous.

– J'aimerais beaucoup vous revoir, dit-il. Est-ce que vous seriez libre ce soir, par hasard, ce soir, par exemple, dit-il, pourriez-vous me rencontrer ce soir ?

– Oui, dit ma sœur, sans bien comprendre ce qu'elle faisait.

– Dans deux heures ? C'est parfait. Parfait que vous soyez si disponible. Versailles vous conviendrait ? Mon entreprise se trouve là-bas. Pouvez-vous venir jusqu'à Versailles ? Pour vous, c'est direct par le train. C'est plus simple (il lui donna le nom d'une rue.) Vous vous souviendrez ? Je garerai ma voiture sur la droite, près de la gare, au-delà des taxis. Il y a toujours des places à cet endroit ; c'est très facile. Je laisserai mes phares allumés. À tout à l'heure ?

– Oui, dit ma sœur.

J'ai fait remarquer :

– Ton comportement me sidère. Tu reconnais que tu commençais à avoir peur, et tu y vas. Il avait quand même beaucoup de temps pour un homme occupé. Pour un chef d'entreprise qui voyage. Ça ne t'étonnait pas ? Il avait ton numéro de téléphone. Tu ne le lui avais jamais donné. Et puis, il t'avait bien parlé de sa femme... Tout ça ne cadre pas.

– Je sais, dit-elle. Tu penses bien que j'ai eu le temps de réfléchir à tout ça. Moi-même, je ne me comprends pas. Disons que c'était « plus fort que moi ».

Elle s'étira sur sa chaise, soupira : « Je ne cherche pas à me dédouaner », admit que les jours suivants, malgré tout, elle avait accepté plusieurs rendez-vous, les jeudis, le jour où elle faisait garder Mélanie par une voisine. C'était en plein hiver. La nuit venait tôt, ce qui facilitait la discrétion de son départ.

Elle descendait la butée sombre de la rue jusqu'à la gare à l'heure où les bureaux se vident, où la journée (comme on dit) est derrière vous ; l'heure où les banlieusards affluent dans les stations du

Transilien ; celle où, glissant rêveusement debout, serrés dans les wagons, épuisés et inertes, ils regardent défiler les lumières et les noms des gares : Puteaux, Suresnes, Vaucresson, Marly-le-Roi, L'Étang-La Ville.

Plus on s'éloignait de Paris, plus le noir augmentait : la ligne traversait des quartiers entiers de rues sombres à peine visibles en contrebas des rails, juste des formes d'arbres et de buissons que le vent agitait contre les voies, de petits cafés, des commerces dont les devantures éclairées se succédaient à toute allure – ces aperçus coupés seulement par les néons orange et violents des gares. Certaines, où le train ne s'arrêtait pas – un direct –, passaient comme des décors de cinéma.

À Versailles, les voyageurs en masse poussaient les portillons, le quai se vidait, comme une rue après un orage. Le hall était en courant d'air : elle prit un mauvais rhume et se mit à tousser.

Il l'attendait près de la gare. Elle repérait la voiture à ses phares ; il écoutait de la musique, souvent le même morceau, ou il téléphonait à l'intérieur ; elle se disait qu'il réglait ses affaires. Il coupait toujours la communication en l'apercevant. Un jour où il avait roulé jusqu'à une des entrées sombres du parc, au moment où ils se garaient, une voiture se présenta à la grille. Ses phares éclairèrent les rinceaux dorés. La grille s'ouvrit. Une barrière intérieure se leva, quelqu'un avait dû insérer une carte dans le système de sécurité. La voiture s'enfonça ; ses phares firent sortir de la nuit une profonde colonnade d'arbres. Puis les deux panneaux ouvragés s'ajustèrent comme ceux d'un fermoir.

Eux ne rentraient jamais dans le parc. C'était trop tard.

∽

Les cafés où il lui donna rendez-vous n'étaient pas ceux où allaient les touristes. Il choisissait des terrasses discrètes qui n'avaient pas changé depuis les années 1980, avec leurs chaises cannées, leurs tables en faux marbre permettant d'étroits tête-à-tête, leurs banquettes usées en cuir rouge. Quand il était en retard, elle se mettait tout au fond pour l'attendre. Un ou deux types consommaient mélancoliquement des « petits noirs », d'autres achetaient des cigarettes, des groupes d'Américains ou de Japonais désorientés étudiaient les plans du château dont les grilles venaient de fermer. Quand Versailles ferme, c'est comme si le cœur de la ville cessait de battre. Toutes les rues montent vers la masse obscure du domaine royal.

∽

Elle regardait sa montre, guettait les phares qui approchaient, des paires de phares à la file (à cause de l'éblouissement, le visage derrière le volant n'était pas visible), elle cherchait à l'apercevoir

– et plus tard, me dit-elle, des années plus tard, des années après, alors qu'ils avaient perdu tout contact, alors qu'elle n'était même plus sûre de le reconnaître si elle le croisait,

(il y a près de quinze ans, me dit-elle, c'est ce qui est fou !)

cela lui arriva, cela lui arrivait encore, la nuit, sur de petites routes, chaque fois qu'une voiture la croisait, les phares surgissant, l'invisible forme derrière le volant, la *possibilité* surgissant,

peut-être un millième de seconde, un quart de seconde,

toujours

le temps les séparant, l'indifférence sans doute, l'incompréhension, me dit-elle,

cette question la traversait :

Est-ce vous ? Où êtes-vous ?

⁓

Il entrait au café de son pas légèrement traînant, peut-être fatigué, renfonçant dans sa poche son éternel paquet de cigarettes. Il la cherchait du côté des banquettes en cuir, plissait les yeux pour la distinguer dans son renfoncement, souriait quand il l'apercevait. Une ou deux fois, le voyant ainsi de loin, comme il poussait la porte du café, à un moment où il ne se savait pas observé, elle lui trouva un air étrange ; il portait toujours le même manteau sombre et long qu'il laissait ouvert ; il dégageait une impression de force et d'usure.

Mais elle ne savait pas pourquoi, elle ne se l'expliqua jamais, lorsqu'il lui saisissait la main, la tenant dans les siennes pour la réchauffer – disant : Je suis si content de vous voir, vous avez les mains froides –, ou la posait sur son genou, elle avait l'impression qu'il avait pour elle, malgré tout, une inexplicable tendresse.

Elle était presque sûre qu'il lui mentait sur beaucoup de choses, mais elle avait la certitude qu'il était seul, d'une solitude complète, si dense qu'elle en sentait l'espace autour de lui, et cette solitude lui serrait le cœur.

Il ne parlait jamais de sa vie présente, mais toujours de sa « vie d'avant », en Hongrie, de son immeuble des faubourgs, de son frère qui végétait, dont il avait peu de nouvelles. Il lui dit : On écoutait beaucoup de musique chez moi, mais je n'ai pas fait d'études. Nous n'en avions pas les moyens. Je ne suis pas un intellectuel. J'avais plus de trente ans quand je suis passé à l'Ouest, je ne parlais pas la langue. En France, j'ai bricolé dans la restauration, puis sur des chantiers, comme manœuvre. Je me suis fait à la force du poignet. J'ai même fait de la prison, vous savez. Il lui dit : « J'ai confiance en vous. »

C'est à cause de lui qu'elle mit Mélanie au piano. Christian ne voulait pas la forcer. Elle insista.

« Ma femme, dit-il une fois, n'est pas au courant de mes affaires. Elle n'est au courant de rien ». Un autre jour, il avoua : « Les choses ne vont pas très bien entre nous. Nous sommes séparés. Trop de différences, trop d'écart. »

Il la ramenait dans sa voiture, l'arrêtait à quelques rues de chez elle, pour lui laisser le temps d'aller chercher sa fille à la garderie ; il regardait sa montre, disait : Vous avez cinq minutes. Elle sortait. Il démarrait, roulait au ralenti à sa hauteur ; elle serrait les dents, marchait sans faire mine de le voir, se disait : C'est la dernière fois, c'est fini.

Mais il baissait la vitre, passait la tête par la portière, lui souriait : Jeudi, même heure ? puis démarrait.

En voiture, il roulait trop vite. Une fois, en sortant de Versailles, il brûla un feu et ils furent arrêtés par la gendarmerie ; elle vit sa colère, elle sentit qu'au moment où le gendarme était sorti de sa fourgonnette il avait eu l'intention d'accélérer brutalement, mais il se contrôla, probablement parce qu'elle était avec lui, et tendit son permis.

– Le permis est ancien, dit le gendarme, c'est un permis de l'étranger et vous n'avez pas fait le nécessaire : il n'est plus valide. À ce que je vois, il n'y a pas eu non plus de contrôle technique du véhicule. À la vitesse où vous roulez, vous pouvez renverser quelqu'un, vous en avez conscience ? Vous tuez quelqu'un sur le coup.

Le gendarme resta un moment à tourner et retourner le document d'un air sceptique. Il nota le numéro de la plaque.

– Vous êtes étranger ?

– Naturalisé, répondit à voix basse Marc Hermann.

Le gendarme hochait la tête ; il regardait alternativement la voiture, le visage austère et fermé de Marc Hermann, et chercha à travers l'habitacle à distinguer celui de ma sœur, qui resta muette tout le temps de cet examen.

– Vous êtes madame Hermann ? demanda-t-il.

– Non, dit ma sœur.

Le gendarme ne posa pas d'autres questions. Il avait fait le tour de la voiture pour se placer de son côté à elle et la dévisageait comme s'il cherchait à mémoriser (et plus tard à se rappeler) son visage. Était-il susceptible de l'identifier ? Était-il déjà venu au cabinet ? S'il faisait un procès-verbal, mettrait-il : « Monsieur Hermann et sa passagère ? », « Monsieur Hermann et une femme dont nous ignorons l'identité » ? « Monsieur Hermann et la femme du médecin » ?

– Où allez-vous ?

– Ville-d'Avray, dit Marc Hermann. Je suis pressé. J'ai un rendez-vous.

Finalement il les avait laissé partir avec un simple avertissement : Ne recommencez pas. Respectez les limitations de vitesse.

J'ai interrompu Claire Marie : Tu vois bien qu'il n'avait aucun rendez–vous. Il mentait. Il avait le mensonge assez facile.

– Je ne sais pas, dit ma sœur. C'est facile aussi de l'accuser. N'importe qui aurait menti dans sa situation. Puis elle reconnut : C'est possible. Peut-être qu'il mentait sur beaucoup de choses. Et qu'est-ce que ça changeait ?

– Il n'avait peut-être pas de femme, non plus. Il n'avait peut-être pas d'entreprise du tout. Tu ne sais pas d'où il sortait. De nulle part. Ça ne t'inquiétait pas ?

– Si, dit ma sœur. Je ne savais pas où ça me conduisait. Je t'ai dit que je trouvais certains de ses comportements bizarres, mais je n'ai jamais eu vraiment peur. Ou peut-être une seule fois, vers la fin.

∽

Ce jeudi-là, une grosse pluie décourageante et froide noyait le paysage.

Elle roulait sur la verrière de la gare de Versailles, brouillait la vue, si bien que Claire Marie eut du mal à trouver la voiture. Il parlait au téléphone, à voix basse, en hongrois, et coupa dès qu'elle ouvrit la portière ; elle sentit qu'il était énervé. Il démarra tout de suite : « Il ne faut pas que je rentre chez moi, lui dit-il. J'ai des ennuis, de gros ennuis. »

Comme toujours, il roulait trop vite, et grilla plusieurs feux.

– Quels ennuis ? demanda-t-elle.

Mais il dit simplement : Avec des fournisseurs. Une cargaison en rade. Je ne paierai pas. Ils me menacent. Il y a dans ce métier des types prêts à tout.

Ils étaient sortis de Versailles et pénétraient dans une zone moins habitée, vers la route forestière du Cordon de Viroflay, ma sœur reconnut l'endroit.

D'après elle, ils longèrent plusieurs fois la même portion de forêt ; elle était terriblement sombre, noyée sous un déluge ; Hermann continuait à rouler sans un mot, au hasard, sous le coup d'une rage muette.

Il freina devant le magasin d'une station-service :

– Il faut que je m'arrête, dit-il ; j'ai oublié des courses.

Claire Marie le vit courir sous des trombes ; elle attendit dans la voiture, en écoutant la pluie marteler le capot, elle surveillait sa montre. Il ne revenait pas. Qu'est-ce qu'il achète ? se demanda-t-elle. Qu'est-ce qui se passe ? Est-ce qu'il est sorti pour téléphoner ? Est-ce qu'il serait suivi ?

Les voitures avaient leurs phares allumés ; elle les apercevait à peine derrière la buée des vitres ; elles avaient l'air de fuir et de rouler vers les centres habités ; on voyait, dans le halo des phares, l'épais rideau des gouttes.

Il finit par revenir, visage fermé, ouvrit brutalement la portière, jeta des paquets sur le siège arrière, redémarra.

Elle n'osait pas parler.

Elle eut le pressentiment qu'il retournait vers la forêt.

Il a fait de la prison, pensa-t-elle. Pourquoi ?

Soudain, il mit son clignotant et ralentit. Sur cette portion de route, en plein bois, il y avait un relais de chasse ou un café dont elle aperçut la terrasse complètement détrempée ; c'était une de ces anciennes maisons forestières transformées en chalet dans laquelle s'arrêtent, le midi, les randonneurs. Il n'y avait pas de lumière ; mais peut-être, espéra ma sœur, peut-être que quelqu'un était debout, dans l'ombre, à attendre derrière le comptoir l'arrivée d'improbables clients, à regarder la pluie, à s'emplir de la tristesse de la pluie et de la forêt. Elle l'espéra de toutes ses forces. Elle se sentait perdue.

Il freina, arrêta la voiture devant le bâtiment, coupa le contact, mais n'ouvrit pas. Et ne fit pas mine de descendre. L'intérieur du café semblait désert. Les tables empilées à l'intérieur. Devant la porte, un seau récupérait la pluie qui roulait sans arrêt d'une gouttière.

– Où est-on ? demanda ma sœur.

– Je ne sais pas, dit-il d'un ton sec. Vous voyez bien, c'est une maison forestière. On s'arrête.

Elle protesta : Je préférerais retourner.

– Cinq minutes, j'ai soif ; c'est dangereux de conduire avec ce qui tombe.

– C'est fermé, dit ma sœur. Ça ne sert à rien. Il n'y a personne à l'intérieur.

Il l'attira à lui et essaya de l'embrasser, mais elle se débattit, et il la lâcha.

– J'aimerais comprendre, soupira-t-il.

Ils restèrent un moment sans parler. Claire Marie comptait toujours anxieusement les minutes sur l'horloge du tableau de bord. Il avait ouvert une des vitres et fumait. L'humidité rentrait par la portière.

– J'en ai assez de ces rendez-vous au café, lui dit-il finalement en jetant sa cigarette. Je voudrais que vous veniez chez moi. Je vous l'ai déjà demandé. Pourquoi ne venez-vous pas chez moi ?

– Chez vous ?

– Ne soyez pas sotte. À mon bureau, dit-il. À Versailles. Ma société est à Versailles. Vous avez l'adresse, je vous ai donné ma carte. Je vous y attends demain. C'est à vous de choisir. Si vous ne venez pas, je comprendrai.

Il démarra et ne dit pas un mot de tout le trajet.

Le lendemain, quand l'heure du rendez-vous approcha, elle sortit. Elle ne pouvait pas rester en place. Ma sœur avait toujours été incapable de choisir. Elle était aussi incapable de rompre avec cette histoire. Elle ne se demanda pas si elle aimait Marc Hermann. Elle cédait peu à peu, je le vois bien et quelque chose en moi la comprenait, à ce qu'il importait de romanesque dans sa vie. Il y avait aussi un fond de curiosité naturelle. Elle se disait vaguement : Je vais bien voir. Je vais *savoir*.

C'était au bout de l'une de ces impasses tranquilles, perpendiculaires à une large avenue, qu'on appelle à Paris des « villas ». L'immeuble bas, en pierre, très ordinaire, se trouvait sur la gauche ; à droite, la courte ruelle étroite et pavée était bornée par le mur de clôture du jardin d'une demeure bourgeoise dont elle ne voyait que le toit. Il n'était pas très tard, mais avec l'heure d'hiver, quand elle se présenta, le bout de l'impasse était sombre. Ma sœur devina des arbres plutôt qu'elle ne les vit, certainement de vieux arbres qui avaient autrefois fait partie du

« domaine royal » avant que ses bordures ne soient loties et progressivement grignotées par la ville. Tout le quartier en gardait quelque chose de silencieux, de désuet, de délaissé, mais aussi de vaguement aristocratique. Sur l'immeuble, il n'y avait aucune plaque indiquant une société au nom d'Hermann. Ou, plus exactement, il y avait une seule plaque, apposée contre la porte d'entrée. Elle indiquait : *Docteur Zhang, manipulation manuelle, acupuncture* et, en dessous, *deuxième étage.*

Claire Marie poussa le bouton qui ouvrait la porte et entra dans un hall banal, avec un ascenseur à porte grillagée et un escalier de bois sans tapis. Là, elle s'arrêta. Elle écouta sans se décider à appeler l'ascenseur ni à monter les marches, ni à partir. Elle n'alluma pas la minuterie.

Tout le temps qu'elle fut là, personne n'entra, ni ne descendit des étages. Aucun téléphone ne sonna dans les appartements. Elle était persuadée qu'elle entendrait le son tant la cage d'escalier semblait creuse.

Des minutes s'additionnèrent, firent du temps, peut-être un quart d'heure ; la volonté de ma sœur faiblissait. Plus elle restait, plus le retard s'accumulait ; Marc Hermann devait déjà s'impatienter, interpréter sa défection, marcher de long en large dans son appartement, nerveux et déçu. Elle se représentait le visage fermé qu'elle avait vu quand ils s'étaient fait arrêter par les gendarmes. Elle s'étonnait que le nom de la société ne soit pas indiqué sur une plaque. Était-il là ? Tout était tellement silencieux ! Curieusement, aucune lumière ne sortait des fenêtres du troisième étage (celui qui était indiqué sur la carte). Le bureau donnait-il de l'autre côté ?

Le silence était tel que Claire Marie entendait le tic-tac de sa montre, qui lui disait, décide-toi, le temps file (elle se demanda : la montre bat-elle plus vite que mon cœur ?)

Une lumière s'alluma dans le verre dépoli de la porte d'entrée – un faible rectangle pâle et jaunâtre comme un néon. Elle semblait projetée depuis la fenêtre du cabinet d'acupuncture. Le docteur Zhang consultait. Il devait y avoir dans la pièce poussiéreuse qui donnait sur l'impasse un type allongé, des aiguilles adroitement fichées dans les genoux et le thorax.

À l'idée du petit cabinet poussiéreux, des schémas punaisés au mur, des coupes du corps humain avec les points d'influx nerveux, ma sœur sentit quelque chose céder en elle.

Elle fut prise d'une panique, poussa la porte, courut en direction de la contre-allée, la suivit dans la direction du centre de Versailles, marcha longtemps, au hasard des rues avec, soudain, le sentiment d'être libérée, que c'était fini.

❧

Il était temps. Car, quand elle alla chercher Mélanie, ce soir-là, la main de l'enfant se crispa dans la sienne :

— Papa m'a demandé si tu venais me chercher le soir.

— Et qu'est-ce que tu as répondu ?

— J'ai dit que tu venais moins, dit la petite. J'ai dit que tu étais souvent en retard ; je ne te vois plus beaucoup.

Elles firent ensemble quelques pas

— Qu'a dit ton père ? reprit ma sœur, sans la regarder.

— Rien, dit la petite, en regardant fixement devant elle. Elle corrigea d'un ton boudeur : Je ne sais plus.

Le soir, Christian venait d'allumer la télévision vers huit heures, quand le téléphone sonna dans l'entrée. Claire Marie se figea.

— Tu ne décroches pas ? demanda Christian.

— J'y vais, dit-elle, sans bouger. J'y vais tout de suite.

Puis, d'une voix blanche :

— Ça s'est arrêté. C'était certainement une erreur.

Elle s'approcha de la fenêtre, souleva le rideau et se tint contre la vitre.

— Tu as vu quelque chose ? demanda Christian. J'ai remarqué que tu es sans arrêt à la fenêtre en ce moment. Tu attends quelqu'un ?

Il se leva, souleva à son tour le rideau, observa la rue :

– C'est ce cambriolage qui t'effraie ? Il ne faut pas. Il suffit de fermer les portes. Tu ne cours aucun risque.

Le lendemain, elle emmena Mélanie à un anniversaire. Elle n'avait presque pas dormi. La maison était pleine d'enfants et elle se sentit vite assourdie par le bruit.

En sortant, elle monta vers le parc de Saint-Cloud, mais en voyant la grille, lui tourna le dos, s'engagea dans des rues où elle se perdit : elles avaient les mêmes pentes que celles de son quartier, les mêmes pavillons en meulière, les mêmes maisons bien entretenues, toutes différentes, certaines dataient des années 1930, avec leurs façades à tourelles tarabiscotées, d'autres quasiment neuves, avaient des portes peintes, un air anglais, des portillons, de grands garages pratiques, des jardins trempés de pluie. Elle avançait et il y en avait toujours. « Tout est construit partout, on n'imagine pas le nombre de maisons sur ces collines. On n'imagine pas, dit ma sœur, le nombre des vies. Tu penses à ça, quelquefois ? Le nombre des vies. »

Elle arriva près d'une gare du Transilien. Des gens, à l'abri de l'aubette en verre, attendaient leur train. Elle voulut le prendre elle aussi. Mais finalement elle tomba sur une cabine téléphonique. Elle y entra et fit le numéro de Marc Hermann. Au bout de trois sonneries, le répondeur se déclencha : ce n'était pas la voix d'Hermann, mais une de ces voix de synthèse qui récitent mécaniquement : « Vous êtes en relation avec un répondeur téléphonique. » Cela la découragea ; elle hésita, renonça à laisser un message (À quoi bon ?), laissa la bande se dévider.

Les trains faisaient du bruit et de même qu'elle entendait (ou cherchait à entendre) derrière le grain irrégulier de la bande du répondeur, la vie inconnue du bureau où Marc Hermann n'était pas – où Marc Hermann n'avait peut-être jamais été –, la messagerie enregistrait les vagues sonorités de l'après-midi, le bruit de la banlieue, des voitures, celui du train qui entrait en gare.

Le téléphone coupa. Elle sortit de la cabine, tourna à gauche.

Il faisait froid. Pourtant, au fur et à mesure qu'elle avançait, elle se sentait moins oppressée, elle respirait mieux. L'air était humide de la pluie des averses qui essoraient par moments le ciel gris ; il y avait une odeur de terre récemment mouillée, de terre d'hiver. Elle était si forte que ma sœur pensa qu'elle avait imprégné le message silencieux laissé sur le répondeur.

Ce jour-là, les rues qu'elle parcourait lui rappelèrent notre enfance. Elle n'avait jamais ressenti, auparavant, cette parenté entre les rues de Ville-d'Avray et celles de notre ancien quartier, autour du parc Woluwe-Saint-Pierre. De modestes salons de coiffure qui n'avaient jamais été rénovés, avec leurs rangées de lavabos, leurs coiffeuses à l'ancienne, lui rappelèrent *Chez Rosa* où nous allions chercher maman. Des femmes y attendaient sous le casque, avec leurs bigoudis enveloppés dans des filets roses.

– Votre mère est sous le casque, nous disait Rosa. Revenez dans un quart d'heure.

– Tu te rappelles, me dit ma sœur, le salon de coiffure de Rosa ? Et je ne sais pas si tu te souviens, parce que tu étais la plus jeune, il y avait des cerisiers du Japon dans les rues. À Ville-d'Avray, il y a des magnolias, des tulipiers, mais jamais ce genre de cerisiers qui ont l'air couverts de coton quand ils sont en fleur ; je n'en ai jamais revu. Cette espèce-là, ce n'est pas l'habitude ici. Peut-être que ce n'est pas le bon climat.

Elle regardait les maisons avec curiosité ; elles lui paraissaient à la fois inconnues et familières ; elle se disait que, certainement, dans la journée, quand le soleil donnait, il devait pénétrer jusqu'au milieu des pièces et ce devait être plus gai, mais il n'y avait pas de soleil ce jour-là.

Elle voyait des lampes à abat-jour contre certaines fenêtres, des dossiers de fauteuils couverts de tissu, comme chez elle. Quelquefois des décalcomanies d'étoiles ou de sapins qui dataient de Noël avaient été laissées sur les carreaux, et elle se disait que c'était une chambre d'enfant – Mélanie avait demandé elle aussi à coller des décalcomanies sur sa fenêtre.

Des vélos étaient posés contre les murs.

Il devait y avoir des torchons accrochés dans les cuisines, des placards pleins de boîtes de farine et de sucre, des machines en veille (le frigidaire, la machine à laver la vaisselle dans laquelle se déclenchait l'eau ou la soufflerie du séchage des paniers).

Elle se disait que d'autres femmes, peut-être, évoluaient dans le silence de ces maisons, derrière leurs cloisons tapissées ; elle se demandait si le buste de ces femmes se penchait sur un buffet pour y ranger de la vaisselle. Ou sur un lavabo qu'elles nettoyaient avec un jet de produit désinfectant. Ou si elles repassaient et posaient tranquillement le linge chaud et plié à droite de la table à repasser. Ou si elles allumaient la télévision pour qu'il y ait du bruit quelque part. Peut-être que le téléphone sonnait, et ces femmes espéraient qu'une voix d'homme serait au bout du fil.

(Où êtes-vous ? lui diraient-elles, en réunion ? en rendez-vous à l'extérieur ?)

Mais, souvent, c'étaient des messages publicitaires. Et si c'était une employée qui travaillait dans la maison, elle ne se dérangeait pas ; le téléphone n'était pas pour elle, elle le savait ; aucun appel ne serait pour elle ; beaucoup d'employées étaient des étrangères, elles parlaient à peine le français, elles écoutaient le message déposé sur le répondeur par une voix humaine, l'effraction, dans le silence d'une pièce vide, d'une voix humaine à laquelle aucune autre voix ne répondait – puis il y avait le petit déroulement sec du mécanisme du répondeur se remettant en place.

Quand il rentrerait, Hermann écouterait certainement son répondeur, il n'entendrait que le silence, le crissement de la bande, le bruit assez fort du train qui entrait en gare juste au moment où elle avait téléphoné. Pas de message, penserait-il. Il ferait à nouveau se dérouler la bande. Il guetterait la rumeur vague d'un après-midi de banlieue. Presque rien. C'était tout ce qui lui resterait de ma sœur.

Les réverbères se sont allumés d'un coup.

Claire Marie remontait son col et le serrait contre son cou en marchant, et les rues succédaient aux rues ; il y avait toujours des croisements, des cafés, de petites cantines, ici ou là, une maison plus haute avec un balcon fraîchement repeint, des jardins déplumés et boueux dans lesquels les pelouses n'étaient plus que de l'herbe, de nouvelles constructions à peine finies (sur les terrains, il restait encore le sable mouillé du chantier et des bétonneuses). On construisait toujours.

Les rues devinrent plus sombres ; les terrains, plus larges, plus boisés ; il y avait davantage d'arbres. Elle vit soudain un grand trou dans le paysage. Elle se dit : Les Étangs !

Sans savoir trop comment, elle s'était dirigée vers le bois de Fausses Reposes et bien que ce ne fût pas la meilleure heure (il n'est pas conseillé pour une femme d'aller seule le soir dans le coin des étangs) elle continua d'avancer.

Elle finit par trouver un banc et s'assit, face à l'eau ; la nuit tombait ; elle resterait probablement nuageuse, sans beaucoup de vent ; l'épaisse couverture de nuages stagnerait sur Paris et sur Ville-d'Avray. Des avions en phase d'approche descendaient ; elle apercevait leurs feux clignotants. Ils cherchaient à se poser sur le cœur battant et tout proche de Paris.

Les bâtiments d'une résidence s'allumèrent – la dernière avant le bois – l'éclairage des parties communes : quelques bâtiments bas, numérotés, répartis entre des arbres et des réverbères, avec une lettre sur la porte d'entrée, et un air de bâtiments collectifs.

Tout à coup, un homme sortit du sous-bois en face d'elle ; elle devina plus qu'elle ne vit sa silhouette de l'autre côté de l'étang. Il se tenait le dos aux arbres. Lui aussi devait l'avoir aperçue ; il avait pu la « repérer » à son imperméable plus clair dans l'ombre, plus clair que l'ombre.

L'homme ne bougeait pas. Elle savait qu'à cause de la tache claire qu'elle faisait sur le banc il pouvait suivre chacun de ses mouvements. Elle chercha à voir s'il avait un chien, un chien l'aurait rassurée ; ç'aurait été un simple promeneur.

À ce qu'elle pouvait deviner, il se tenait dos au bois, face à elle. Peut-être qu'il fumait pour rester ainsi, immobile.

Elle se secoua, se leva, rebroussa chemin en se dirigeant vers les lumières de la résidence ; c'était habité, il y aurait du monde ; elle marcha vite, mains dans les poches ; elle fit une centaine de mètres en suivant l'allée balisée, jeta un coup d'œil en arrière ; il avait déjà fait la moitié du tour de l'étang. Peut-être, quand elle aurait suf- fisamment avancé, longeant dans le coude un bosquet de saules, elle disparaîtrait à sa vue. Mais il marchait plus vite qu'elle.

– À la fin, me dit ma sœur, je courais ; j'étais à bout de souffle. Je pleurais comme on ne pleure qu'en rêve avec de grandes difficultés. Je me disais que si j'essayais d'appeler, je ne pour- rais pas articuler un son. Il a crié quelque chose derrière moi.

Elle se retrouva par miracle en haut de sa rue, il y avait de la lumière dans la baie vitrée du salon. Elle avait complètement oublié Mélanie. Christian était allé la chercher à sa fête d'anni- versaire. Et maintenant, il la faisait manger, l'air sombre, plein de reproches. La petite mangeait un œuf.

– Pourquoi rentres-tu aussi tard ? dit Christian. Où étais-tu ? Deux heures que je t'attends !

La petite enfonçait la cuiller de travers dans son œuf sans rien dire. Elle était toute barbouillée, le jaune coulait sur sa serviette.

– Ma vie, se dit ma sœur. Ce que je suis en train de faire de ma vie : cet homme en colère, et cette petite fille barbouillée.

Elle s'est tue. Je suis restée moi aussi silencieuse. J'ai dit finalement :

– Pourquoi renoncer au dernier moment ? Si tu t'étais trompée ? Peut-être qu'il était sincère. Tu n'as pas rappelé ? Moi, je crois que j'aurais cherché à savoir.

– Savoir quoi ? demanda ma sœur.

– À qui j'avais affaire. Je crois qu'à ta place je serais montée, j'aurais sonné à l'appartement.

Ma sœur baissa la tête.

L'idée m'a effleurée qu'elle ne m'avait peut-être pas tout raconté, qu'il y avait une part de l'histoire qu'elle gardait pour elle.

J'ai quand même insisté :

– Tu ne l'as jamais revu ?

– Non, me dit-elle avec effort ; jamais. Il a dû téléphoner plusieurs fois, mais je n'ai pas décroché. Pendant longtemps, j'ai évité les lieux où je le rencontrais avant, je n'allais plus seule à Saint-Cloud. J'évitais les étangs.

– Mais tu y penses quand même.

– Ça m'arrive, naturellement, dit ma sœur.

– Qu'est-ce qui dit qu'il n'est pas repassé dans ta rue ? Qu'il n'y passe pas encore ?

Du même mouvement, nous avons regardé le jardin noir, la porte ouverte.

– Non, dit ma sœur, ne sois pas ridicule.

– Et son affaire d'import-export ?

– J'ai cherché dans l'annuaire : il n'y avait pas d'Hermann à Saint-Cloud ; je n'en ai pas trouvé. Il y en avait bien à Versailles, mais ce n'était pas une entreprise et l'adresse ne correspondait pas à celle de sa carte. J'ai appelé une fois le numéro de l'annuaire, mais la femme qui a répondu m'a dit que son mari était mort.

❧

Plusieurs années après, cinq ou six ans peut-être, un beau jour, Claire Marie retourna dans l'impasse de Versailles. Rien n'avait changé ; il y régnait toujours le même silence. Pourtant, ce n'était pas par une soirée d'hiver ; c'était au printemps, en plein jour, et il faisait très beau ; des oiseaux chantaient ; c'était en mai ; elle vit que le grand arbre dont les branches débordaient du mur était un marronnier énorme, magnifique.

Les chandelles s'étaient ouvertes ; leur couleur pâle tranchait sur la masse des feuilles presque noires. L'arbre avait l'air de répandre sur le jardin de la propriété voisine et le bout de l'impasse la splendeur royale et triste du temps.

– Combien d'années, déjà ? songea-t-elle.

Elle s'avança jusqu'à l'immeuble : il y avait toujours la plaque : *Docteur Zhang, manipulation manuelle, acupuncture.*

Elle monta l'escalier et sonna au deuxième étage. Après quelques minutes, la porte s'ouvrit. Ce qu'elle supposa être le docteur Zhang se tenait devant elle. Derrière lui, l'appartement était bien tel qu'elle l'avait imaginé, le genre d'appartement banal qu'on trouve dans ces petites résidences. Celui du dessus – où elle n'était jamais allée – devait être conçu sur le même modèle : un vestibule rectangulaire au parquet ancien, un couloir donnant sur une ou plusieurs chambres, côté rue. La porte du cabinet de consultation était à demi fermée. Elle ne sut jamais si quelqu'un était allongé sur le lit ou si le docteur Zhang était seul dans l'appartement, à attendre. Peut-être que depuis longtemps, plus personne n'allait chez le docteur Zhang, ou qu'il avait pris sa retraite et que le cabinet où il consultait était aussi son domicile. Peut-être que la pièce sur l'arrière, celle qui donnait sur l'impasse ombragée par le marronnier, n'était qu'un genre de pièce à vivre en désordre où il passait le plus clair de ses journées.

– Vous souhaitez un rendez-vous ? demanda-t-il.

– Non, dit-elle ; juste un renseignement. Y avait-il une société au troisième étage, au-dessus de votre cabinet ? Une société d'import-export ? Il y a cinq ou six ans.

Elle avait pris la carte pour avoir un prétexte ; elle lut : la société s'appelait : Hermann, Import-Export. Connaissiez-vous monsieur Hermann ?

Le docteur Zhang eut l'air déçu. Son visage se ferma.

— Je ne sais pas, dit-il en refermant la porte. Je ne vois pas du tout. Je ne connais pas cette société. Je ne fréquente pas mes voisins. Vous devez faire erreur. Au revoir, madame.

Le portillon s'est ouvert avec un bruit métallique.

Ma nièce est arrivée comme un oiseau, gracieuse sur ses ballerines. Elle s'est assise près de nous, dans l'herbe ; elle a dit :

– Toujours à discuter ? Vous êtes intarissables. Vous n'avez pas bougé ? Vous n'avez même pas allumé ! Toutes les maisons autour sont éclairées, j'ai cru que vous étiez sorties. Vous êtes restées tout ce temps dans le noir ?

– Oui, a dit Claire Marie. C'était bien, votre film ? Où est Clément ?

– Clément m'a laissée au bout de la rue, il ne vient pas ce soir. Il a un travail à finir. C'était très bien, a dit ma nièce, un film que j'ai vraiment beaucoup aimé. Et vous ?

– On a parlé, tu vois, on est restées tranquilles, c'était très bien aussi. On ne s'est pas rendu compte de l'heure. Le temps a passé vite. On a raconté nos souvenirs, quand on était jeunes.

– Vos amoureux ? a demandé ma nièce avec un petit rire indulgent.

J'ai dit : Bien sûr. Ta mère en a eu, comme tout le monde ; je me souviens en particulier d'un rocker à cheveux longs que ton grand-père ne voulait pas voir à la maison ; il n'aimait pas sa coupe de cheveux. Il y avait des scènes terribles.

J'ai imité papa : *Ce garçon, il ignore l'existence des coiffeurs ?*

J'imite très bien papa. Ma nièce a ri, d'un air vaguement incrédule.

– Tu ne sais pas comment était ta mère ; tu ne l'as pas connue comme moi. Tu ne l'as pas connue jeune, bien sûr. C'était une danseuse enragée (je pensais : une rêveuse enragée). Du genre à danser toute la nuit, ça te paraît incroyable. Ce n'était pas ta génération. Tu n'as pas connu cette époque. J'ai dit : Avant l'an 2000. Il n'y avait même pas de téléphones portables. Tu peux l'imaginer ?

Je me doutais bien que, pour Mélanie, ces formules ne voulaient rien dire : Ni « avant l'an 2000 », ni même « ta mère était une danseuse enragée », il y avait trop d'écart ; trop de temps était passé ; c'était seulement une phrase dont ma nièce pourrait, plus tard, se souvenir, une phrase qui lui reviendrait comme certaines phrases vous reviennent quand on cherche à se rappeler, une de ces phrases auxquelles on se raccroche quand les souvenirs diminuent : *Maman, je crois, aimait beaucoup danser, maman aimait tellement danser.*

Qui nous connaît vraiment ? Nous disons si peu de choses, et nous mentons presque sur tout. Qui sait la vérité ? Ma sœur m'avait-elle vraiment dit la vérité ? Qui la saura ? Qui se souviendra de nous ? Avec le temps, notre cœur deviendra obscur et poussiéreux comme le cabinet de consultation du docteur Zhang.

Une salle d'attente où on attendait toute sa vie. Aucun bruit de l'autre côté. Aucun signe.

Je sentais une sorte d'angoisse. Je me disais toujours : Si elle s'était trompée ? Qui est-ce que j'attends, moi aussi ? Qui, pour moi, est venu ?

Les phares de la voiture de Christian ont illuminé le portail ; il est monté dans la maison par le garage, il est venu vers nous à travers la pelouse.

Claire Marie a pris un air différent, plus composé, son air de tous les jours. Elle a eu l'air de se souvenir de l'heure ; elle s'est levée :

– Le dîner n'est pas prêt. J'aurais dû préparer quelque chose. Nous sommes en retard. Tu dois être affamé.

Elle est partie allumer l'électricité dans la maison.

– Ce n'est pas grave, a dit Christian, je ne suis pas pressé. Il fait si beau ! Vous avez eu raison d'en profiter ; et, se tournant vers moi : C'est une surprise de te voir un dimanche.

Il s'est assis ; on a parlé de choses et d'autres, de l'été qui durait, de ces journées de transition, qui peuvent aller jusqu'au milieu d'octobre, où il fait encore lourd, où il peut y avoir au milieu de l'après-midi une chaleur épaisse, d'Espagne – mais les sous-bois sont pleins de marrons, les soirs, beaucoup plus frais. On a dit des banalités, on a dit que l'automne, ici, à Ville-d'Avray, à ses débuts, avait quelque chose de poignant, qu'en banlieue on le sentait davantage, que Paris était coupé des saisons. Les mouches, a dit Christian, commencent à entrer dans les maisons ; ce matin, il y en avait plein le garage, c'est qu'elles n'en ont plus pour longtemps.

J'ai récité :

> Le dahlia met sa cocarde
> Et le souci sa toque d'or.

Claire Marie a continué :

> La pluie au jardin fait des bulles ;
> Les hirondelles sur le toit
> Tiennent des conciliabules.

Christian buvait tranquillement son whisky ; sa journée n'avait pas été fatigante : surtout des consultations de rentrée, des certificats médicaux pour la reprise du sport, la routine. Les patients venaient consulter pour trois fois rien, des « rhumatismes » comme ils disaient, les premiers rhumes. Ils traînaient. Ils lui racontaient leur été, leurs histoires de famille.

— Tu sais, m'a dit Christian, beaucoup de gens habitent le quartier depuis longtemps ; ils vieillissent ; ils savent bien que les choses ne pourront pas durer éternellement ; ils n'attendent rien, juste que ça continue ; ils ont besoin de parler, ils se sentent mieux quand je leur donne des médicaments, quand ils repartent avec leur ordonnance ; ils ne demandent qu'à être rassurés, ils ont besoin que je leur dise : « Rien de grave ; tout va bien. » Quelquefois, la consultation ne sert qu'à ça : dire « Rien de grave, tout va bien », prendre la tension : « Une tension excellente » ; ils se ragaillardissent (Vous croyez, docteur ? vous êtes sûr ?) Je vois leur regard quand je suggère : Il faudrait faire un petit examen de complément, je prends toujours soin d'ajouter « par sécurité », « un simple contrôle » ; je prends toujours soin de préciser que je ne vois rien d'inquiétant.

Il a pris la main de Claire Marie :

— Ma chérie, je me souviens encore du regard de ton père quand je lui ai dit : Jean-Paul, cette fois, il faudrait quand même voir un spécialiste.

Nous nous sommes tus.

La lumière jaune du réverbère sur le trottoir éclairait un côté des feuilles du marronnier et les cheveux blonds de ma nièce, assise dans l'herbe, paisible, les bras croisés autour de ses genoux, à nous écouter. Elle aussi paraissait rêveuse, elle était encore sous l'emprise du film ; au cinéma, Clément l'avait peut-être embrassée. Elle aussi avait ses secrets.

❧

Quand je me suis levée, ma sœur a insisté :

– Tu ne veux pas dîner avec nous, tu es sûre ?

– Non. Il faut que je parte, maintenant. Je vous laisse. Il est trop tard. Luc va m'attendre. Il doit rentrer ce soir. Il va se demander où j'ai traîné ; il va croire que j'ai fait une rencontre douteuse (j'ai ri), et il faudra que je lui dise : Je suis allée à Ville-d'Avray.

Christian et Mélanie sont repartis vers la maison avec les verres. Ils sont entrés dans la cuisine ; nous les entendions rire ; j'ai supposé que ma nièce racontait à son père l'histoire du danseur de rock aux cheveux longs.

Je me suis dit : ce n'était rien, personne ne sait. Personne n'en saura jamais rien. Sauf moi. Ça passe. C'est comme du vent.

La lumière et les rires entre les masses sombres des plantations du jardin montraient la paix d'une maison éclairée (la jolie maison de ta sœur, comme disait maman). Quelques moucherons montaient dans le halo des deux lanternes, de part et d'autre de la porte ; la lumière du gros abat-jour du salon s'arrondissait sur la pelouse.

C'était, me disais-je, finalement, toute la paix qu'on peut parfois, à certains moments, retirer de la vie, cette paix fragile, si provisoire que nous avons si peur de perdre, dont on goûte, certains soirs, le sentiment si blessant, si aigu : un temps comme arrêté, une fin d'été, une trêve, des bruits de voix dans un jardin, une lampe allumée dans une fenêtre.

C'était ce que ma sœur avait choisi. Elle avait eu raison. Je le comprenais. Le reste, me suis-je dit. Le rêve. Je me suis rappelé le titre d'un roman qui m'avait autrefois éblouie : *Les bas-fonds du rêve*.

Claire Marie m'a raccompagnée au portail.

Depuis que le voisin avait tondu sa pelouse, toute la rue sentait l'herbe coupée ; je ne sais pas pourquoi l'odeur de l'herbe coupée peut donner un tel sentiment de tristesse, et aussi ce désir violent de continuer à vivre.

Il n'y avait pas le moindre souffle de vent. Les feuilles du marronnier qui n'étaient pas touchées par la lumière du réverbère étaient épaisses, humides et immobiles, massées dans l'ombre.

Le portail s'est refermé derrière moi, j'ai démarré, ma sœur s'est penchée par dessus et m'a fait un signe de la main. C'est la dernière image de ce dimanche, ma sœur levant la main au dessus du portail, comme tante Hélène autrefois, quand papa venait nous chercher à Fromentine à la fin des vacances, quand la voiture, à la fin août, démarrait, toujours de nuit et le coffre chargé, dans la petite rue ensablée parce qu'elle était très près des dunes (en réalité, c'était une impasse ; elle finissait dans une des allées sableuses qui traversent la forêt de Monts).

J'étais sûre que ma sœur regarderait dans ma direction jusqu'à ce que mes feux arrière ne soient plus que deux points dans l'obscurité, jusqu'à ce que je tourne au carrefour, jusqu'à ce qu'il ne reste plus que les deux trottoirs éclairés.

Quand j'ai atteint la gare de Sèvres-Ville-d'Avray, j'y ai jeté un coup d'œil malgré moi ; les quais en surplomb de la rue étaient déserts ; aucun train ne venait d'arriver ; aucun train n'était sur le point de partir ; personne n'attendait ; on voyait les rails, le ballast couleur de charbon, le tableau lumineux affichant les horaires, et cela rejetait l'ombre tout autour.

Plus que d'habitude, ce soir-là, l'endroit me rappela ce film que j'ai vu il y a longtemps. Il commence là, sur le quai dont je voyais la surface sèche, surélevée par rapport à la rue. Bien sûr, les lieux avaient changé : une scène montrait l'ancienne passerelle métallique à rambarde ouvragée de la gare d'autrefois, aujourd'hui certainement remplacée par un de ces couloirs carrelés en céramique qui rappellent les couloirs de piscine ; les hommes portaient des chapeaux, des imperméables pliés sur le bras. On voyait les étangs de Corot en hiver ; eux n'avaient pas changé. C'était un des décors du film. C'était là qu'un homme jeune, un genre d'étudiant, emmenait se promener une petite fille. Je me rappelais que l'acteur était blond, qu'il avait les

yeux clairs, un accent étranger, un Allemand ? ou
un Russe ? un soldat démobilisé qui revenait de
la guerre – mais quelle guerre ? Mes souvenirs
étaient lointains. Le jeune homme allait chercher
cette petite fille à l'orphelinat le dimanche en se
faisant passer pour son père. Il l'emmenait aux
étangs. Ils jouaient tous les deux, rien de plus.
Personne ne se méfiait, personne ne contrôlait ;
personne d'autre non plus ne venait la chercher,
et c'est normal qu'un homme vienne chercher
une petite fille le dimanche pour s'occuper d'elle.
Le dimanche, il devait y avoir à l'orphelinat une
telle tristesse pour les enfants qui restaient
enfermés, que *tout valait mieux*.

La vie peut être un si terrible orphelinat, me
disais-je, en revoyant les arbres nus, les bords
boueux des étangs de Ville-d'Avray, les rares
promeneurs, le paysage en noir et blanc, comme
si cela éclairait beaucoup de choses, comme si
cela avait un lien avec l'histoire de ma sœur.

Dans le film, la fillette portait un bonnet, des
collants de laine, un manteau à martingale exactement comme ceux que nous portions, ma sœur
et moi, à l'époque de Thierry la Fronde et de
Rochester. C'est une petite fille de notre
génération.

Je me souvenais que j'avais beaucoup aimé ce
film qui montrait Ville-d'Avray sous un jour
étrange, et qui créait un sentiment proche de la
gêne ou de la peur, parce qu'on se demandait

toujours : Qu'est-ce qui peut arriver ? Qu'est-ce qu'ils font ?

Ma route longeait le mur du parc de Saint-Cloud. La grille était fermée. Tout était noir.

Je roulais lentement ; les feux arrière de la voiture devant moi s'allumaient car la circulation était très ralentie. Il y avait des bouchons dans la direction de Paris. Je devais freiner ; et, tant que j'ai longé le parc, chaque fois que je freinais, je regardais la tapisserie presque impénétrable des arbres.

Je pensais aux jeux clandestins de la petite fille avec l'homme, et aux rencontres de ma sœur avec Hermann. Dans le film, on ne savait pas ce qui aurait pu arriver, car à la fin, les policiers abattaient l'homme.

On ne sait pas non plus exactement quand on quitte Ville-d'Avray. Plusieurs communes sont frontalières. Très vite, l'habitat est devenu plus dense ; les lumières de l'éclairage urbain ont remplacé les pans de noir humide des jardins ; très vite, ce fut ce halo de faux-jour gazeux, vaguement orangé, si continu qu'il n'a plus d'ombres, qui couvre les quartiers périurbains : Suresnes, des pavillons de plus en plus serrés, des immeubles étagés sur la dénivelée des collines, des salons de coiffure, des supérettes ouvertes jusqu'à minuit, des pizzérias assurant des livraisons rapides, des auto-écoles affichant des forfaits pour la « récupération des points » ou la « conduite accompagnée », des cafés dont les chaises de terrasse avaient été empilées à l'intérieur parce que c'était le jour de fermeture.

Comme j'arrivais sur la côte de Montretout, Paris est apparu en bas ; c'était une heure exacte, je ne sais plus laquelle, dix heures peut-être. La tour Eiffel scintillait comme les bords des vieilles cartes de Noël couvertes d'une épaisseur de faux givre ; son faisceau bleu balayait lentement le ciel tiède, on devait le voir de partout, d'où j'étais, et des fenêtres des grands appartements silencieux et cossus du Champ-de-Mars.

Plus bas, les phares arrière rouges des voitures qui sortaient du tunnel descendaient vers la Seine comme si elles coulaient sans interruption, ou se déversaient dans un bassin.

❧

Il faisait frais quand j'avais quitté ma sœur. Une fraîcheur d'automne commençait à monter de l'herbe mais, à Paris, sur les boulevards extérieurs, sur le béton qu'avait chauffé l'après-midi, on retrouvait la chaleur âcre, poivrée, l'animation des soirs d'été. On avait l'impression de revenir à la vie réelle, rapide, brutale ; des bus passaient, des gens marchaient vite, avec décision, en tee-shirts ; de larges affiches de cinéma électroniques luisaient sur les boulevards, mais je rentrais d'un autre monde. J'avais toujours devant les yeux les cônes de lumière orangée contre les murs des pavillons de sa rue. Le silence et tout autour le noir humide et frais de la nuit.

J'étais triste comme si j'étais exilée.

Ma sœur m'avait-elle menti ? Est-ce qu'elle était montée au troisième étage ? Est-ce qu'elle était retournée plusieurs fois dans l'impasse ? Je l'entendais me dire : Ne sois pas ridicule.

∽

Quand Luc m'a retrouvée, j'étais assise dans le noir sur le canapé du salon.

– Qu'est-ce qu'il y a ? m'a dit Luc. Qu'est-ce qui t'arrive ? Tu n'allumes pas ? Tu fais une de ces têtes !

Tout de suite, il a compris : Tu es encore allée à Ville-d'Avray !

Collection *La rencontre*

ACHEVÉ D'IMPRIMER
LE 15 MAI 2019
SUR LE CONCERTO Nº 2
DE RACHAMANINOV
ET SUR LES PRESSES DE
CORLET IMPRIMEUR
À CONDÉ-EN-NORMANDIE
CALVADOS

Numéro   d'édition :   1199
Numéro   d'impression : 203915
Dépôt   légal :   août   2019
Imprimé   en   France